LA MORALE DEI POSITIVISTI

ROBERTO ARDIGÒ

Vol. I

LIBRO PRIMO
TEORIA GENERALE

INTRODUZIONE

– L'ideale, che si imponga assolutamente al volere dell'uomo, e ne domini le tendenze egoistiche: ecco l'affermazione della moralità. L'egoismo, che regoli le sue azioni: eccone la negazione.

In ciò si riassume la dottrina tradizionale, religiosa e filosofica, dei principj dell'etica. E la coscienza morale dei popoli civili. E il concetto più sublime dell'arte, nella rappresentazione estetica dell'azione e del sentimento umano.

E in ciò si arriva a riconoscere un vero fondamentale anche colla filosofia positiva.

– I teologi e i filosofi comunemente insegnano, che la suddetta affermazione della moralità è basata sui due principj ontologici, che seguono: Primo. Dio. Esiste dio, intelligenza infinita, signore assoluto dell'universo. Il suo pensiero, eternamente vero e giusto, è legge per tutte le cose; e quindi anche pel libero volere dell'uomo.

Secondo. Intelligenza. L'uomo, per la intelligenza, facoltà trascendente della sua anima immortale, si distingue essenzialmente dal bruto. E, per essa, è in grado di leggere, nello stesso pensiero divino, la norma regolatrice delle proprie azioni, e di riconoscere in sé il dovere indeclinabile di osservarla.

E soggiungono. Siccome il positivismo filosofico è la negazione di questi due principj ontologici, così esso viene anche necessariamente ad essere la negazione della moralità, che ne dipende logicamente.

E tale loro illazione è poi anche corroborata dal fatto che, teoricamente, i positivisti più noti pongono in genere una ragione delle azioni umane sempre più o meno egoistica.

E il ragionamento di questi teologi e filosofi va, sia che esplicitamente la dichiarino, o solo implicitamente la intendano, fino alla conclusione seguente: Il positivista, che regoli i suoi atti e conduca la vita secondo i rigidi precetti della moralità, come fu definita sopra, è un bel matto; che ha la bizzarria di contraddire alle proprie convinzioni scientifiche, e pel solo gusto, veramente perverso, di danneggiarsi. E noi, quando si desse, che non dovessimo più credere in dio e nella trascendenza della ragione umana, saremmo più avveduti, e non esiteremmo, in omaggio alla logica, a regolarci inesorabilmente secondo il nostro interesse individuale; compiangendo di gran cuore la mania poetica di coloro, che hanno la disgrazia di farsi caso del sogno ingannevole e pernicioso delle ingenue idealità.

– Dalla teoria passando alla pratica si verifica però, che fra i positivisti, che pongono teoricamente una ragione delle azioni umane più o meno egoistica, se ne trovano di quelli, che operano, non secondo l'egoismo, ma secondo la idealità antiegoistica.

E fra i metafisici, che pongono i suddetti principj ontologici, se ne trovano di quelli, che operano, non secondo la detta idealità, ma secondo l'egoismo. Sia con una prevaricazione diretta, sia con una osservanza della legge determinata dai moventi egoistici della speranza di un premio e del timore di un castigo in una vita futura.

3

Il che dimostra, che la moralità negli uomini è l'effetto di una causa, che può avere la sua efficacia anche indipendentemente da determinati principi teorici di dati individui, di date scuole, di date istituzioni.

– Dal punto di vista scientifico poi, nella questione dei principj teoretici dell'etica tra la metafisica tradizionale e la filosofia positiva, si possono stabilirei tre punti seguenti: Primo. Dai dati della filosofia positiva si arriva al principio della idealità antiegoistica delle azioni umane; ossia all'affermazione della moralità.

Secondo. I dati di questa filosofia essendo positivi, l'affermazione, che ne consegue, riesce pur tale: in modo che si può dire, che il positivismo salva scientificamente la moralità.

Terzo. Invece, essendo i dati della metafisica destituiti di valore scientifico, e quindi pur tale dovendo risultare l'affermazione dedottane, anziché essere solida, quanto all'etica, solo la posizione dei metafisici, come essi sostengono, e disperata quella di positivisti, è vero il contrario. E l'etica scientifica resterebbe insostenibile, se non si potesse contare che sopra i filosofici tradizionali della vecchia ontologia.

La dimostrazione, che faremo seguire, non potrà qui essere se non compendiatissima. E, si noti bene, ristretta al solo punto in discorso.

PARTE PRIMA
DELLA COGNIZIONE IN ORDINE AL VOLERE

CAPO I

La causa prima nell'animale di un atto volontario qualunque è nella impulsività propria del suo apparato cerebrale centripeto.

– Come tutte le altre scienze naturali, ciascuna per i fatti speciali che ne sono l'oggetto così anche la fisiologia, per ciò che riguarda l'animale, ha riconosciuto, che una attività specifica qualunque non è mai una formazione dal nulla; ma è invece sempre la trasformazione di una forza, anche prima, in altro modo, esistente.

Nel caso particolare del lavoro cerebrale, relativo agli atti così detti volontari, la forza, che vi si spiega, proviene da una doppia sorgente: La prima. Il cibo digerito, e l'aria respirata.

La seconda. Le impressioni, prodotte dagli oggetti sugli organi del senso.

Dalla prima, la materia stessa degli organi cerebrali, trasformabile nelle funzioni loro. Come a dire, il magazzino della forza in stato di latenza.

Dalla seconda, la eccitazione, onde si determina la esplosione della detta forza immagazzinata e la direzione della sua attività.

La cosa è analoga al fatto, per esempio, di una mina, che prima si riempie di polvere, e poi si fa scoppiare; poniamo, per mezzo di una scintilla elettrica. E, ancor meglio, a quello di una locomotiva a vapore. La si fornisce d'acqua e carbone; che si accende, in modo da svilupparvi il vapore nella caldaia, alla tensione occorrente. Ed ecco la prima sorgente; la forza immagazzinata. E con ciò la locomotiva è pronta a muoversi, ma è ancor ferma. Delle leve convenientemente disposte, mosse dalla mano del macchinista (come l'organo del senso dall'oggetto, che vi fa la sua impressione), fanno entrare il vapore nei cilindri, nei quali scorrono gli stantuffi motori; e dalla parte voluta dallo stesso direttore della macchina. Ed ecco la seconda sorgente. La forza immagazzinata prorompe e in una determinata direzione.

Della prima delle dette due sorgenti noi qui non dobbiamo occuparci; ma solo della seconda.

– È importantissimo, per lo scopo del presente ragionamento, che si ricordi una legge a tutti nota.

Che, cioè, come per l'immagazzinamento della forza, così per la sua dispensazione, il fatto corrisponde al bisogno dell'animale. Allo stesso modo che, nell'esempio della locomotiva a vapore, l'effetto della manovra delle leve, delle valvole e degli stantuffi corrisponde allo scopo, pel quale fu costruita. E, per bisogno dell'animale, intendiamo qui ciò che è richiesto dalla sua naturale costituzione.

E, conseguentemente, che al bisogno stesso corrispondono il congegno e la disposizione e il funzionamento dell'apparato, onde ha luogo il fatto anzidetto.

E che da ultimo, come sono diverse le specie animali, e quindi diverso il bisogno per ciascuna di esse, così si ha una proporzionalità diversità anche per gli apparati e relativi funzionamenti in discorso.

– L'apparato cerebrale, per ciò che riguarda il nostro argomento, è doppio. Il centripeto e il centrifugo. E ne dà contezza la fisiologia del sistema nervoso. Riferendoci a questa, per noi qui basta accennarne l'indole particolare mediante esempi.

Il centripeto, in relazione cogli organi esterni ed interni del senso, per mezzo dei quali è eccitato, è analogo alle valvole del distributore della locomotiva a vapore, che sono in relazione colle leve, onde il macchinista le apre.

Il centrifugo, in relazione colle parti vive dipendenti da esso, e che ne sono mosse, è analogo allo stantuffo, che, una volta in azione, spinge, facendo girare le ruote, la stessa locomotiva.

– Perché l'addotta analogia, delle valvole, del distributore e delle leve, onde quelle sono forzate ad aprirsi dall'esterno, coll'apparato centripeto cerebrale, non tragga in errore, non sarà inutile rilevare intanto alcune differenze fra l'una cosa e l'altra.

Prima differenza. L'organo del senso dell'animale non è unico, ma molteplice. Nei diversi animati diversificano gli organi del senso, e pel numero, e per la specie e per l'importanza. E in generale, sono gli organi del senso negli animali, non in numero di cinque soli, come ordinariamente si crede, ma assai più. Perché, tra le altre cose, anche i visceri stessi sono dei veri organi del senso, funzionanti per la stessa legge; e ciascuno con effetti specifici distinti, come ha luogo nei cinque esterni più noti.

Seconda differenza. E siccome i detti organi del senso possono funzionare, e separatamente e a molti insieme, e con abbinamenti diversi; ed, essendo vari i sistemi di collegamento fra di essi, due combinazioni identiche possono tradursi in risultanti variate, così le forme determinative dell'azione degli animali, che vengono per tal modo a comporsi, sono in generale indefinitamente molte. E in ragione della complessità notata.

Terza differenza. Le dette forme indeterminative indefinitamente molte, massime negli animali superiori, si differenziano, come la figura esterna, da specie a specie, per un carattere particolare, corrispondente sempre al tipo dell'organismo cerebrale proprio di ognuna.

– Secondo le cose dette la determinazione o l'impulso a muoversi nelle parti vive dell'animale, dipendenti dall'apparato cerebrale centrifugo (presa la parola, impulso, nel senso di determinare, o di essere causa che nasca un movimento), proviene dallo stesso apparato centrifugo.

E questo alla sua volta, riceve la determinazione o l'impulso ad agire dall'apparato centripeto.

La causa prima adunque, nell'animale, di un atto volontario qualunque, e per l'esistenza di esso atto, e per la sua direzione o forma, è nella impulsività propria del suo apparato cerebrale centripeto.

CAPO II

Considerato l'ordine della causalità per la serie delle entità psichiche, anziché delle fisiche, al principio suddetto si Può sostituire il seguente: La causa prima nell'animale di un atto volontario qualunque è nella impulsività propria della sensazione.

– Insieme all'attività fisiologica, fin qui solamente indicata, degli apparati cerebrali suddetti, consistente in una trasformazione materiale, per lavoro chimico, della sostanza degli apparati medesimi, ha luogo anche una attività, o una fenomenalità, psichica. E precisamente: In corrispondenza colla attività dell'apparato ricevente l'eccitazione dagli organi del senso, il fenomeno detto ordinariamente della sensazione; e che io qui, solo allo scopo di determinarlo meglio, chiamerò, sensazione degli oggetti, o rappresentazione

In corrispondenza colla attività dell'apparato producente il movimento nelle parti vive dipendenti dell'animale, il fenomeno detto ordinariamente, atto di volere o volontà; ma che dovrebbe invece essere chiamato, sentimento di volere.

Nella cosiddetta sana filosofia e nel modo volgare di concepire il fatto, si ritiene, che l'attività materiale di questo apparato cerebrale centrifugo, sia un effetto successivo della volontà, o di un atto di essa, operante anteriormente, altrove, al di fuori della sostanza cerebrale, ossia nell'anima; e che quindi in questa risieda la causa di quella attività materiale.

Il vero è invece il contrario. Non ha luogo il fenomeno psichico della volontà, se non esiste quello della attività materiale dell'organo relativo. Ed è perciò che dicemmo, essere più giustamente indicato il fenomeno stesso colla denominazione di sentimento di volere.

– Qui lasciamo in disparte la questione ontologica della ragione della concomitanza del fenomeno della azione fisiologica dell'apparato cerebrale ricevente col fenomeno psichico della sensazione, e del fenomeno della azione fisiologica dell'apparato cerebrale impellente col fenomeno psichico del sentimento di volere. Spetta tale questione ad un'altra disciplina filosofica; e la sua soluzione non è necessaria alla validità del ragionamento, che dobbiamo qui fare.

Basta per questo la certezza del fatto, che l'azione fisiologica è accompagnata dal fenomeno psichico, e che, avendosi questo, si ha anche quello infallibilmente.

Posto ciò, torna lo stesso rappresentare l'ordine di causalità, sia per la serie delle entità (o fenomenalità) psichiche, sia per quella delle materiali.

I due fenomeni psichici adunque, della Sensazione rappresentativa e della Volontà, staranno fra di loro, come l'attività fisiologica dell'apparato cerebrale centripeto a quella del centrifugo. E quindi si potranno applicare a quelli i rapporti trovati fra questi. E dire:

La causa prima nell'animale di un atto volontario qualunque, e per l'esistenza di esso atto, e per la sua direzione o forma, è nella impulsività propria della sensazione.

La sensazione come rappresentazione e affetto. La filosofia positiva dell'arte. Il positivo e il negativo nell'affetto, Il carattere speciale dell'azione umana è determinato dalla mentalità, che la informa.

– Si noti però, che, la sensazione o il sentimento, noi qui non li prendiamo nel senso astratto dei metafisici. Ma in un senso concreto. Vale a dire, non come un lato unico o un riguardo o un elemento speciale di quel complesso, in cui consiste la realtà del fatto psichico. Ma come il fatto stesso tutto quanto. Tutta la sua realtà in blocco.

Come si sa, anche i fisici, una volta, onde spiegare un fatto materiale, ricorrevano alle differenti influenze di un olimpo intero di virtù, di forze, di fluidi taumaturghi, che mettessero nella cosa, uno per uno, la propria parte di efficienza. In modo che il fenomeno stesso dovesse essere considerato, quale una mistura di effetti tra loro essenzialmente diversi. E ciò accadeva quando la fisica non era ancora una scienza, o lo era solo imperfettamente.

I metafisici sono, ancora adesso, pel fenomeno della coscienza, in questa illusione: cioè, del concorso distinto di un esercito di facoltà (oltre un centinaio ne enumera il Rosmini), ordinate gerarchicamente in un certo numero di squadre, ponenti nel pensiero ognuna il prodotto speciale della propria attività; sicché il dato cogitativo abbia ad essere il semplice accozzamento o la pura simultaneità delle entità disparate, depositatevi da ciascheduna facoltà per proprio conto.

Proprio come il sogno del poeta, che si diletta di farci assistere al dramma celeste, da esso immaginato, della produzione di un fiore, incominciando dal concilio delle tre divinità, che in amoroso accordo si associano nell'opera di dargli l'essere, mettendovi poi, l'una l'eleganza delle forme, l'altra la vaghezza dei colori, la terza la fragranza dei profumi.

Pel metafisico quindi, come pel poeta nel fiore le dette tre cose, altro è nella sensazione la rappresentatività direttiva l'azione, altro la voluttà impellente. Anzi, nella stessa rappresentatività, secondo lui, è di nuovo implicata una doppia entità. Quella della mera forma, quale pura possibilità mentale, e quella della esistenza reale della forma medesima.

E, quanto alla voluttà, non solo è questa pel metafisico un quid sui generis proveniente dalla sorgente ad hoc della facoltà affettiva, diversa essenzialmente da quella che dà la forma, ma è poi la stessa facoltà affettiva una legione di facoltà, operanti da sé, una per una, quasi fossero altrettante persone.

– La scienza naturale, già da un pezzo, ha capito ciò che dice il Padre Secchi, parlando (nel suo libro della Unità delle forze fisiche) delle combinazioni chimiche degli atomi; che cioè "il fornirli di forze astratte è certamente la cosa più comoda, ma in più luoghi (del detto libro) abbiamo veduto la complicazione che porta un tale sistema e l'infinito numero di forze che bisogna ammettere. Per dir poco è quasi mestiere applicare a questi atomi una certa intelligenza per arrivare a sapere se debbono agire o no, e qualche cosa che li avvisi che sta presente il soggetto su cui esercitare l'azione." E che quindi, come dice ancora lo stesso, la teoria veramente scientifica è solamente quella "che risulta direttamente dai fatti ed è indipendente dalla teoria delle forze che li determinano." Anche la filosofia positiva applica ora lo stesso metodo scientifico al fenomeno psichico. Esso lascia in disparte la vecchia teoria delle facoltà. Si ferma al fatto. E, la sua spiegazione la cerca in quegli altri fatti, che coesistono con esso e lo precedono, e lo seguono, e gli somigliano.

Quindi non esiste pel positivista una facoltà della rappresentazione, incaricata esclusivamente di apprestare alla coscienza la secca immagine della cosa (che poi non è niente affatto una immagine); né una facoltà dell'affetto, produttrice di quello stato piacevole o penoso, che vada a congiungersi ai freddi tratti dell'immagine, infiltrandoti dell'affetto medesimo.

Esiste solamente il fenomeno psichico dato; che nello stesso tempo e per la stessa causa produttrice, è inscindibilmente, tanto una rappresentazione quanto una voluttà. E ciò è prendere la sensazione in un senso concreto. E la sensazione è così presa, quando se ne afferma la impulsività rispetto al volere.

– E con ciò quanta luce nel fatto stesso; e quanti inconvenienti ed assurdi cansati! E fra gli altri: Primo. Di dover supporre, per lo stesso ordine psicologico degli stati affettivi, una intera coorte di facoltà disposte in tre gruppi diversi corrispondenti ai tre generi, distinti essenzialmente l'uno dall'altro, del vero, colla sua virtù caratteristica dell'evidenza, del bello, col suo fascino particolare della leggiadria, del buono, con quel fuoco sui generis della voluttà edonistica.

Secondo. Di dover ritenere le suddette tre entità, del vero, del bello, del buono, come assolutamente diverse tra loro; e, nello stesso tempo, che ciascheduna sia poi sempre lo stesso identico quid in tutti i fatti, per quanto disformi, nei quali la si considera esistente.

Terzo. E ogni quid identico, non uno, ma due; e due contradditorj; vero e falso, bello e brutto, piacere e dolore. Ossia, in genere, bene e male.

Quarto. Di stabilire l'essenza della moralità, e quindi la mancanza in essa dell'egoismo, in quello precisamente che è affermato costituirlo.

– Si credeva una volta che esistessero esternamente e nei corpi i colori, i suoni, gli odori, i sapori, e via discorrendo. E che, per conseguenza, gli organi dei sensi corrispondenti non facessero altro, che impadronirsi di tali entità bell'e fatte, e trasmetterle, come le prendevano, alla coscienza.

Si sa invece adesso, che le entità medesime cominciano ad esistere solamente dietro l'attività degli organi sensibili, e in forza della struttura speciale di ognuno, e come una elaborazione ed una trasformazione di un diverso ad essi comunicato. Tanto, che il diverso comunicato a due sensi può essere identico, e aversene due entità differenti. Come nel caso delle vibrazioni eteree, corrispondenti a una delle estremità dello spettro solare, che, cadendo sulla pelle, danno luogo alla sensazione termica e, cadendo sulla retina dell'occhio, danno luogo alla sensazione luminosa.

E lo stesso è della sensazione, anche come sentimento, o affetto, o volontà che dir si voglia.

Anche come tali le sensazioni sono prodotti, che dipendono dall'esercizio e dalla struttura degli apparati senzienti. Per cui, se uno di questi non può agire senza che ne sorga l'effetto loro proprio, cioè la sensazione, nemmeno la sensazione può essere, senza che essa sia nello stesso tempo un sentimento, un affetto, una voluttà. Chi pensa, che qui si saldino insieme, venendo da fonti diverse, la rappresentazione e la voluttà, e che la rappresentazione debba aspettare il sopravvento della voluttà per essere efficace a dare il suo impulso al volere, è come se pensasse, che al movimento debba unirsi la forza motrice per muovere; e alla elettricità la forza elettrica per elettrizzare; e al calore la forza termica per riscaldare.

ciò posto, quanti gli apparati sensibili (e non solo i centripeti ma anche i centrifughi) e le forme di rappresentazione oggettive e soggettive corrispondenti (e gli apparati sensibili sono moltissimi, come avvertimmo sopra), altrettante le forme affettive: e in ragione e Per effetto della specialità di struttura propria di ciaschedun senso.

Come, per esempio, i colori dei corpi tanti quanti i corpi: e in ragione e per effetto della struttura particolare di ognuno.

Anzi diversificate ancora indefinitamente le forme stesse affettive (come pure le rappresentative corrispondenti) per le associazioni indefinitamente variabili di più sensazioni singole in una sola complessa. Come le proprietà chimiche delle sostanze nelle variate loro combinazioni.

E quindi, non la disformità assoluta tra ordine e ordine affettivo; per esempio, tra bello e voluttuoso. Ma semplice gradazione insensibile. Come le affinità nella scala chimica. Come i suoni di una corda, che si vada accorciando, intanto che la si fa suonare, a poco a poco.

E nemmeno identità assoluta fra le sensazioni dello stesso ordine; fra quelle, per esempio, che si chiamano belle: come se fossero condite coll'ingrediente medesimo, al modo di più vivande, nelle quali sia stato messo un poco dello stesso zucchero (ed a ciò si riduce la metafisica volgare del bello). Differenza di organo e di sensazione, differenza di bello. Come, in chimica, differenza di sostanza differenza di proprietà.

– E per tal modo si spiega e si fa chiara eziandio la produzione, per un tipo unico ed identico d'affetto, delle sue due forme opposte del piacere e del dolore.

Non due contrari irreducibili e pugnanti fra loro, come, nell'ordine morale, il bene ed il male; e, nel fisico, l'attrazione e la ripulsione, quali si intendono volgarmente. Ma semplicemente delle quantità diverse (e per addizione di differenze infinitesime) di una entità medesima, atta ad aumentare e a diminuire molto estesamente la sua intensità d'azione.

Poiché anche al fenomeno affettivo è da applicarsi il principio di Newton, che "come nell'algebra, dove vengono meno e finiscono le quantità affermative, ivi incominciano le negative, così nelle cose meccaniche, dove finisce l'attrazione, ivi deve succedere la forza di ripulsione".

E così, come nella dinamica fisica si hanno gli effetti variati, e per le differenti specialità di forze e per le differenti intensità loro, onde l'azione è ora positiva, ora negativa; allo stesso modo, nella dinamica morale, si ha la varietà degli atti, e per le differenti qualità degli stati affettivi, che si potrebbero per ciò anche chiamare stati dinamici, e per la differente gradazione inversa della intensità, positiva nel piacere, negativa nel dolore.

– Se nella scala delle affinità chimiche, prendessimo da una estremità la sostanza più elettro–negativa di tutte (fluoro), e

dall'altra quella più elettro–positiva (potassio), avremmo in esse due opposti; e due tipi, pei due generi astratti, delle sostanze elettronegative, e delle elettro–positive. Due generi, che, essendo opposti, sono, come tali, irriducibilmente diversi l'uno dall'altro.

Ma nel concreto la cosa non è veramente come nell'astratto. Le suddette due sostanze, trovandosi all'estremità di una scala medesima, per essa, si attengono l'una all'altra: e quindi sono, non due contrari assoluti, ma solamente due gradi massimi di divergenza da un punto di mezzo comune, che li riunisce insieme.

E le altre sostanze componenti la scala, e riferibili ai detti due tipi, non si distinguono assolutamente negli accennati due generi. Nessuna vi è al tutto simile ad uno di essi e al tutto dissimile dall'altro. E quindi poi, se si considerasse astrattamente, nella metà attinente a un estremo, l'ordine o la famiglia delle sostanze elettropositive e, nell'altra, l'ordine o la famiglia delle sostanze elettronegative, si troverebbe nel caso concreto, che, in ciascuno dei due ordini, nessuna delle sostanze costituenti è o elettro–positiva o elettro–negativa allo stesso modo, ma bensì in grado diverso.

Ora, venendo al caso nostro, ciò si verifica anche per diversi stati affettivi; i quali, anch'essi, si distribuiscono in una scala analoga alla chimica delle affinità. Una scala degli stati affettivi, nella quale, dal più grossolanamente e brutalmente voluttuoso, si va al più schiettamente e umanamente ingenuo. Il primo, la soddisfazione ignobile prodotta dalla più bassa delle funzioni fisiologiche: il secondo, quella sublime della evidenza nella funzione più elevata dell'apprensione astratta.

Anche qui la scala è continua; e riescono per essa attinenti gli estremi più lontani della evidenza più pura e del piacere più rozzo; le evidenze, e nemmeno le voluttà; ma, partendo dall'alto di quelle, e quindi non irreducibile l'uno all'altro; e non identiche fra loro negli stati affettivi seguenti e digradanti si va sempre più perdendo della ingenuità dell'estremo superiore, e acquistando della brutalità dell'opposto. E viceversa partendo dal basso.

Nel mezzo di questa scala degli stati affettivi si trovano gli stati estetici, o della bellezza. La quale perciò è l'anello di congiunzione tra l'evidenza o il vero di una parte, e la voluttà o il buono o piacevole dell'altra.

E così queste, dell'evidenza, della bellezza e della voluttà, non sono tre entità affatto e, toto coelo disformi l'una dall'altra, e appartenenti, secondo l'opinione volgare comunissima, a tre regioni metafisiche diverse.

E l'evidenza, non una sola, ma molte specie di evidenze diverse. E così la voluttà e la bellezza.

Anche la bellezza; non una sola, ma molte forme di bellezze diverse. Nella quale ultima sentenza si ha il concetto fondamentale della filosofia positiva dell'arte, della quale mi duole di non potere qui se non recare questo cenno.

E si aggiunga, che, potendosi, secondo l'avvertenza già fatta, associare in guise indefinitamente variate le sensazioni elementari, come dalla combinazione dei colori semplici si ha una serie di tinte composte tutte differenti, così dalla associazione dell'evidente, del bello e del voluttuoso, devono sorgere delle forme affettive complesse senza fine svariate.

– La triplice gradazione suddetta degli stati affettivi corrisponde al triplice ordine degli apparati, che danno luogo ad una attività psichica, e funzione organica dei quali si rivela perciò in uno stato della coscienza.

E lo sviluppo, nelle diverse specie degli animali, degli stati affettivi stessi è in proporzione collo sviluppo di tali apparati.

In generale si può dire: Che gli stati affettivi dell'infinito ordine, o della voluttà brutale, corrispondono agli apparati della vita individuale o vegetativa e della propagazione della specie. E si potrebbero chiamare, affetti della funzione vegetativa.

Che gli stati affettivi dell'ordine di mezzo, o della bellezza, corrispondono agli apparati della sensazione esterna, e si proporzionano, quanto alla esteticità loro, colla esteriorità stessa. E si potrebbero anche chiamare affetti della sensazione oggettiva.

Che, da ultimo, gli stati affettivi dell'ordine superiore, o della evidenza, corrispondono agli apparati della rappresentazione oggettiva astratta. E si potrebbero anche chiamare, affetti della operazione mentale.

– La vita dell'animale, quantunque siano immensamente molti gli elementi che concorrono a formarla, è però sempre una totalità unica. Una totalità che è la risultante delle attività speciali di tutti quanti gli apparati, onde consta.

E per ciò il grado di nobiltà della vita di un dato animale dipende da quello delle attività che vi concorrono, e della proporzione di esse. Una lega metallica, in cui entri dell'oro, è più nobile di un'altra, che non ne contenga. Di due leghe metalliche contenenti dell'oro, più nobile é quella, che ne ha una dose maggiore.

Egli è con questo criterio che i zoologi dispongono, la scala delle animalità, mettendovi l'umana al capo supremo

Con ciò si accorda quello che fu riconosciuto anche dalla filosofia tradizionale: mobilitarsi nell'uomo anche la cieca passione e la vile concupiscenza, se si subordina ad una idealità, che la illustri colla purezza del suo fulgore.

Ed è questa la stessa In legge universale del processo progressivo della natura. Ad una inferiorità si sovrappone, dominandola senza distruggerla, una superiorità; e ne vien fuori una entità di ordine più elevato. Così l'animale nel quale la vita domina le forze vegetative della pianta e fisiche della materia inorganica, in sé compendiate, supera in pregio e l'una e l'altra.

Il fatto notevolissimo della turpitudine dell'uomo vizioso non contraddice al principio ma lo conferma. Una alterazione in un polo di una calamita induce un equilibrio nuovo nella totalità di essa. E così, nello stato morale dell'uomo, le alterazioni nelle proporzioni delle attività costituenti. Pel principio sopra ricordato di Newton, colla gradazione di tali alterazioni si va da un estremo positivo ad un estremo negativo.

– Queste vedute del positivismo spiegano quindi, in modo affatto piano: Primo. Come, anche considerando nell'azione umana il giuoco degli affetti che la motivano e le danno il proprio carattere, non ne resti né esclusa, né corrotta, la nobiltà speciale della razionalità oggettiva e pura. Nell'azione umana il carattere risultante è quello dell'affetto più nobile che la informa; quello cioè della mentalità o della evidenza. E non guasta, che questa sia, essa pure, un affetto.

L'affetto, come vedemmo, non è un quid diverso dalla rappresentazione direttiva. Non è quindi una forza cieca, che faccia pressione sul volere, con un peso suo proprio, accidentale, non determinato dalla ragione, e magari sproporzionato alle esigenze di questa, sicché, quanto a sé, dia all'azione il carattere di una mera fatalità. E non è nemmeno la compiacenza isolata dell'individuo, che, quanto a sé, dia all'azione il carattere dell'egoismo, sostituendolo a quello della giustizia impersonale del vero pensato. L'affetto e la rappresentazione sono la medesima realtà; e non due, che si contrastino spingendo il volere in senso contrario. La medesima realtà; cioè un vero vivo d'affetto. L'affetto è tanto vero ed oggettivo quanto la rappresentazione; né più né meno, poiché tanto l'uno quanto l'altro sono un effetto soggettivo dell'ambiente causante; e gli corrispondono infallibilmente, come la natura corrisponde alla natura.

Secondo. Come resti poi sempre l'azione umana elevata al di sopra di quella di tutti gli altri animali, e rivestita di una sua

dignità caratteristica. L'azione umana non è confondibile con quella dei bruti, come non lo sono gli organismi.

Terzo. E come in pari tempo fra gli animali tutti quanti non ci sia salto assoluto; ma gradazione continua di analogia, e fisica e psicologia.

La teoria metafisica tradizionale invece è qui piena di contraddizione; e tale, a tutto rigore, da rendere, anche per questo lato, impossibile la moralità vera dell'azione umana.

– Dicono.

Nell'umanità non può essere la moralità, se alla cognizione intellettuale non soccorra una eccitazione affettiva, sufficiente all'uopo. Quella cioè della speranza di un premio, e del timore di un castigo, in un'altra vita e per l'eternità.

Ora, secondo loro, essendo l'eccitazione affettiva un quid distinto, anzi essenzialmente diverso, dalla cognizione, e precisamente una forza in sé cieca, che conferisce all'atto il carattere della irrazionalità, e una soddisfazione tutta soggettiva, che conferisce all'atto il carattere dell'egoismo, l'affermazione della necessità della suddetta sanzione, e della sua coefficienza nel fatto morale, ne corrompe e ne esclude il carattere distintivo: l'idealità schietta, e scevra di egoismo.

Se l'appetito razionale basta, allora ha ragione il positivista, che asserisce la possibilità della morale anche senza i dogmi più o meno razionalizzati, del paradiso e dell'inferno; e avete torto voi, che la negate.

E resta poi sempre tuttavia, che l'affetto, in quanto altro dalla rappresentazione intellettuale, sia per sé irrazionale ed egoistico; e quindi negativo essenzialmente di una moralità, che si definisca, la razionalità scevra dall'egoismo.

Molto più che siffatta dottrina della sanzione oltremondana, essi si limitano a indurla dalla semplice osservazione storica dei costumi degli uomini: ma la deducono, proprio come un corollario logico, dalla stessa loro teoria, dirò, così, ontologica, dell'atto umano. Secondo la quale tale atto avrebbe tre coefficienti distinti e disparati: cioè, la facoltà del volere, l'intellezione regolatrice, e l'affetto movente, per sé (come dicemmo che l'intendono essi) negativo della moralità, e tuttavia implicato nell'atto del volere, come la realtà in ciò che non è più una semplice possibilità.

– E della contraddizione si sono accorti un poco gli stessi moralisti della scuola in discorso.

Alcuni, come gli ascetici più rigorosi, spinsero il concetto della eliminazione dell'affettività o del concupiscibile dell'atto morale fino a guardarlo pur anco dalle più virginali dilettazioni estetiche. Mostrando in ciò anche di essersi accorti, che la scala degli stati affettivi arriva più in su della laida voluttà vegetativa.

Altri per aver pure l'effettività dell'atto, anche malgrado e senza la concupiscenza immoralizzante, ricorsero all'aiuto disperato di un così detto appetito intellettuale. Presentendo in questo l'estremità superiore della nostra scala degli affetti. Nel campo della teologia vi collima la distinzione della carità in perfetta e imperfetta.

Ma anche con ciò si dettero ancor la zappa sui piedi e non si poterono salvare.

La persistenza delle sensazioni. I persistenti come Rappresentazione. Importanza oggettiva di questa. Infinita, eterna, universale, trascendente. Analoga importanza dell'atto morale derivatone.

– È dunque da ammettersi la impulsività, quanto al volere, della sensazione, in generale, come abbiamo conchiuso alla fine del Capo terzo: della sensazione nel senso concreto, esposto nel Capo precedente.

Ora parleremo della importanza oggettiva di tale sensazione, in generale: per dedurne, in generale, l'importanza oggettiva dell'atto morale, che ne è determinato.

Gli intellettualisti negano addirittura, che la sensazione possa essere un coefficiente diretto dell'atto morale. Per la ragione, che la sensazione, per loro è l'opposto dell'idealità pura, richiesta per la moralità.

Della idealità, che, secondo le loro teorie, sarebbe data, non dalla facoltà senso, che l'uomo avrebbe in comune coi bruti, e che sarebbe atta soltanto a produrre la sensazione, ma dalla facoltà intelletto, posseduta esclusivamente dall'uomo, e caratteristica della sua natura sopraeminente, e che affermano diversa toto coelo ed altra dalla prima. In modo che i prodotti d'entrambi siano assolutamente inconvertibili l'uno nell'altro.

Questa pregiudiziale è distrutta dalle dimostrazioni scientifiche della psicologia positiva, che ho accennato nel mio libro con questo titolo, e spero di potere quandochesia presentare in modo compiuto in un altro lavoro sull'argomento.

La psicologia positiva dimostra la falsità della teoria delle due facoltà essenzialmente distinte, del senso e dell'intelletto; e come l'idealità pura sia, nel fondo, niente altro che la stessa sensazione. Distinguendosene solamente, come il complesso e il derivato si distingue dall'elementare e primitivo.

E, per ciò, ci rimettiamo alle spiegazioni di detta scienza; che qui non possiamo riprodurre. Solo ci potrà occorrere di alludervi nel Capo seguente.

Qui invece dovremo occuparci di un'altra questione Di una questione, nella quale gli intellettualisti hanno per sé, e contro il positivismo, l'appoggio, e della apparenza volgare, e dei loro stessi più grandi avversari, i vecchi materialisti.

– Gli intellettualisti e i materialisti si accordano nel concepire la sensazione, come qualche cosa di intrinsecamente soggettivo: cioè, puramente psicologico e relativo alla individualità, singola e staccata da tutto il resto, di una data coscienza.

E quindi, nel ritenere, che l'atto morale, del quale la sensazione fosse il coefficiente diretto ed unico, sia un atto non intrinsecamente oggettivo; destituito cioè di un vero valore ontologico od assoluto.

– Riconosciamo la legittimità della conseguenza del loro ragionamento. Neghiamo la verità delle loro premesse.

Perché dicono: essi, che la sensazione è soggettiva? Non per altro, se non perché la considerano, quale la dà l'apparenza volgare, siccome un fatto accidentale dell'individuo.

L'individuo? Lo pensano un punto dello spazio immenso, esistente in sé e da sé, e al di fuori e senza tutti gli altri punti, che lo costituiscono: e non un fatto integrale dell'esistenza universale o assoluta, come termine a cui essa arriva, e principio da cui comincia; ma divulso da essa. E quindi, di fronte all'essere universalmente preso, quasi una frazione infinitesimale in paragone di una quantità infinitamente grande. Ossia il finito e il relativo davanti all'infinito e all'assoluto.

E, la erroneità di questo concetto dell'individuo, la dimostrai nel libro già citato della "Formazione naturale nel fatto del sistema solare".

Il fatto accidentale? Lo pensano un momento della vita dell'individuo staccato, e non attinente a tutti gli altri momenti della vita medesima. Come a dire, un momento individuo, isolato quindi in mezzo a un tutto anch'esso individuo ossia isolato.

Per cui il fatto accidentale dell'individuo, ossia la sensazione, quale la intendono i filosofi in discorso, verrebbe ad essere la negazione dell'assoluto raddoppiatamente. A quel modo che la frazione della frazione è due volte la negazione dell'intiero.

Il continuo, se non col di fuori, almeno nella interiorità dell'individuo, gli intellettualisti lo ammettono; ma non per via della sensazione. Lo ammettono, e quanto alla sostanza per via della indivisibilità dell'anima, e quanto alla serie dei suoi atti per via della immanenza della intellettualità.

I materialisti, negando e l'anima e l'intelligibile, e restando solo colla materia e colla sensazione, intese nel modo vecchio e volgare della metafisica tradizionale, distruggono la continuità, non solo al di fuori, ma anche al di dentro dell'individuo. E non solo quanto alla sostanza, onde sussiste, cioè alla materia, per loro essenzialmente molteplice, ma anche quanto alla serie degli atti coscienti, cioè delle sensazioni, per loro essenzialmente accidentali.

Ed è della erroneità di tale concetto della sensazione, e quindi della falsità della illazione trattane, che dobbiamo ora parlare.

– Pei filosofi suddetti, come si disse, il fenomeno della sensazione è una accidentalità del momento.

Senza importanza durevole, né verso il passato, né verso l'avvenire. Né verso il di dentro, né verso il di fuori.

Essa non è qualche cosa, che corrisponda ad una effettiva costituzione persistente dell'essere cosciente.

Per loro la sensazione, nella coscienza, è quale l'immagine passeggera di un augello, che si specchi in uno stagno, volando sopra di esso. Arriva sopra l'augello, ed ecco l'immagine sua nell'acqua; l'augello passa via, ed ecco l'immagine scomparsa.

– No. Perché si produca la sensazione è necessario, che abbia luogo una modificazione nella sostanza dell'organo, onde si sente; stante che la sensazione è precisamente la conseguenza della modificazione stessa, e le si proporziona perfettissimamente.

E la detta modificazione, una volta avveratasi, resta poi, tanto o quanto, anche in seguito; come resta l'organo, che non è più quello che era innanzi alla modificazione stessa. Resta, e come organo, e come funzione di sentire.

Come la macchina, nella quale sia stata introdotta una disposizione o una forma nuova di alcuna delle sue parti.

Come il seme, che, se una volta, per l'influenza degli agenti esterni, ha incominciato la sua trasformazione di sviluppo vegetativo, ha perduto per sempre, irremissibilmente, la sua verginità di seme intatto.

– Il qual fatto, se deve succedere in qualche misura in qualunque animale, succede poi nella misura più forte ed evidente, nell'uomo.

Anche sotto questo rapporto la specie umana sta a capo della scala delle specie animali. Sotto il rapporto, cioè, della persistenza del dato della coscienza.

Ed è, tale maggiore persistenza, una delle ragioni dei fenomeno naturale di una più estesa gradazione progressiva di formazioni psichiche derivate, offrentesi nella coscienza umana.

Sotto il rapporto in discorso la serie degli animali somiglia a quella di una serie di sostanze, che vada dalle più molli alle più dure; queste, ricevuta una impronta, la ritengono più durevolmente delle prime.

L'impronta della sensazione, per chiamarla così, viene ad essere, come la forza appropriatasi dai corpi. La loro costituzione fisica e chimica non è altro, che tale forza, fissatasi in essi sotto la forma di detta costituzione, e per ciò divenutavi, come si dice, latente. La sensazione è la forza, che, trasformatasi, dopo la comunicazione dall'esterno, in latente, divenne la costituzione stabile della coscienza.

– E l'impronta poi si differenzia nelle specie degli animali, come le specie stesse.

Vale a dire, che una impressione sensibile identica, ricevuta nell'organismo di due specie di animali, stante l'attitudine non identica dello stesso nell'una e nell'altra, si trasforma in due sensazioni, che si distinguono tra loro per un carattere specifico.

Se ciò non può essere dimostrato, caso per caso, nel confronto degli stessi organi più minuti e reconditi funzionanti, e delle stesse sensazioni elementari o primitive, che sfuggono ancora alla osservazione diretta, apparisce però evidentemente dalla intiera struttura materiale degli animali, e dalla manifestazione totale della loro complessione psichica.

Queste due totalità, che, come tutti sanno, sono disformi da specie a specie, sono il riflesso in grande degli elementi, onde risultano. Come le forze di un grosso cristallo corrispondono a quelle dei cristalli microscopici, dei quali è formato.

– La dimostrazione diretta del principio indicato, della persistenza del dato della coscienza, è compito della psicologia positiva. Essa la trae da una serie di fatti psicologici svariati e certissimi, onde acquista un valore al tutto scientifico.

E la confermano le osservazioni e le induzioni, sia della scienza naturale in genere, sia in ispecie della fisiologia. Mai una forza non si palesa attiva in un corpo qualunque senza produrvi un atteggiamento particolare delle parti componenti, più o meno persistente. L'esercizio degli organi degli animali ne determina lo sviluppo; e nella direzione dell'esercizio stesso. La persistenza poi del risultato è tale, che è precisamente da esso che dipendono, e la persistenza della specie, e il progresso indefiniti nella serie delle modificazioni, che dà luogo alla derivazione delle specie più elevate dalle più basse.

– Per la persistenza della sensazione, si ha la continuità nella vita cosciente dell'individuo, senza la intellettualità immanente dei metafisici.

Per la correlazione dell'individuo coll'ambiente, onde la sua esistenza, la sua vita, la sua eccitazione ad agire, si ha la continuità dell'individuo col resto delle cose.

La continuità, per tale concatenazione esistente fra l'atto singolo e momentaneo della sensazione e la realtà obbiettiva universale immanente, fa, che la sensazione stessa possa essere una rappresentazione per l'individuo, in cui si forma, delle cose di fuori.

E non altrimenti.

Perché la sensazione, in se stessa, è altro affatto dalle cose, che diedero l'eccitazione a farlo nascere; e, per conseguenza, non è punto l'immagine loro. Onde non può rappresentarle, se non in quanto la si concepisca avere con esse un rapporto di effetto, e farlo in una maniera al, tutto relativa, salva cioè la differenza assoluta di essere tra l'oggetto causante e il fenomeno soggettivo effettuato. E questo concepimento è impossibile senza quello delle continuità suindicate.

E questa è la ragione, per cui il sensismo dei materialisti è essenzialmente scettico, E gli altri metafisici, per ovviate allo scetticismo, debbono ricorrere (e ancora inutilmente) allo spedente immaginario del dato intellettuale. E per tutti loro poi è sempre illogica la rappresentatività data alla sensazione: ed è logica solo pei positivisti.

– Posto così, che la sensazione è una rappresentazione, dovremo dire, per le cose esposte innanzi, che la rappresentazione (e con questo nome ormai designeremo ciò che prima chiamavamo, sensazione) è la forma caratteristica, nella quale si è trasformata nell'anima cosciente, e vi si è fissata e vi funziona, la forza indistinta dell'ambiente, che vi si è trasfusa, e vi è divenuta latente, siccome la sua costituzione intima e specifica.

Ossia, la rappresentazione è la forza specifica dell'animale cosciente, come tale; al modo che l'affinità, per esempio, è la forza specifica dell'atomo chimico, come tale.

– Gli intellettualisti dicono, che la rappresentazione determinativa e direttiva dell'atto morale, per renderlo tale veramente, ossia per conferirgli un valore oggettivo od assoluto, deve avere i quattro caratteri seguenti. Di essere, cioè, infinita, eterna, universale, trascendente.

Ed hanno ragione. E ne conviene anche il positivismo.

La scoperta dei caratteri suddetti è dovuta a Platone, che per ciò fu chiamato divino dagli antichi. I positivisti riconoscono la legittimità di questo titolo d'onore, e glielo riconfermano.

Platone si è apposto nel rilevare quei caratteri della rappresentazione, o dell'idea, come egli l'ha chiamata. Errò solo nel progettare in un cielo soprannaturale quella sua realtà, che, come vedemmo, sta invece nella natura, e precisamente nella coscienza individuale; e non altrove. E vi sta proprio co' suoi caratteri ideali.

La dimostrazione del nostro asserto è data dalla psicologia positiva (quantunque ancora troppo imperfettamente rappresentata, anche nelle pubblicazioni relative più distinte).

Qui basterà un semplice cenno.

– Trascendente. Perché la rappresentazione si pone nella coscienza con ragione e forza infinitamente superiore e discosta.

Essendo che ogni fatto, e quindi anche questo della rappresentazione (del quale vedemmo la continuità e coll'interno e coll'esterno dell'individuo), è, come ho chiarito nel libro più volte citato della "Formazione naturale", il punto in cui si tagliano le due linee del tempo e dello spazio (cioè dell'essere e del succedere), e queste due linee sono infinite, così il punto suddetto, ossia il fatto, o la rappresentazione, è una necessità, e per rispetto ad una causa e per rispetto ad una legge, di valore infinito.

– Universale. Se un uomo qualunque è un uomo, e lo per gli organi, onde è costituito, e per le funzioni che per essi si compiono, ognuno di tali organi e di tali funzionamenti, in qualunque uomo, sarà quello umano. Sarà cioè, nell'umanità, universale.

Lo stesso ragionamento vale per la coscienza dell'uomo, della quale l'elemento di formazione è la rappresentazione, ottenuto nel fatto della sensazione. E vale, sì per la rappresentazione, come forma, per dire così, statica di essere, e si per la medesima, come tenore, per dire così, dinamico di agire.

Dico, che lo stesso ragionamento vale anche per la coscienza dell'uomo, perché non si può dare un uomo, nel quale la coscienza non sia di uomo.

Anzi la universalità della rappresentazione, pel positivista, è più che quella intesa dal platonismo per l'idea. Mentre, l'idea, il platonismo la incarcera nell'ambito ristretto della specie umana; e il positivismo la estende si può dire infinitamente, anche al di fuori di esso; cioè, ne pone la somiglianza e l'analogia nelle specie degradanti dell'animalità, insieme alla somiglianza: e alla analogia degli organismi.

La disparità di quantità e di forma di un genere di rappresentazione da uomo ad uomo non toglie la universalità suddetta. Come la disparità nello sviluppo e nella configurazione di un dato organo da uomo ad uomo non fa, che l'organo non appartenga alla specie medesima. Mai due foglie della stessa quercia, di tutte le quercie esistenti, di quelle che sono state e saranno, non si troveranno identiche. Malgrado questo restano però ancora tutte delle foglie di quercia.

Pur che la divergenza oscilli, non discostandosene troppo, sulla media comune della mole e della configurazione della foglia di quercia. E ciò sarà sempre finché la quercia sia la quercia.

Così un dato genere di rappresentazione umana. Non mai due identiche, nemmeno nello stesso uomo; come neanche due battute di polso. Vicine però sempre alla media comune, finché l'uomo resti un uomo.

Ciò infine deve pure ammettere anche l'intellettualista, che, l'idea, nell'individuo, la differenzia dall'uno all'altro per la diversità di forza e di estensione dell'intuito di ciascheduno e di ogni suo momento. Quando poi egli fantastica dell'archetipo assoluto, unico, sempre il medesimo, dell'idea, non fa altro, che personificare in dio, il concetto astratto della media problematico di tutte quante le intuizioni umane. Meglio, dovendo parlare di archetipo, si appone il positivista, che rimane sul sodo della realtà, dicendo, che questo archetipo, o questa media assoluta, esiste veramente nella forza e nella disposizione, presa insieme, dell'essere naturale infinito, dal cui seno emergono le forme particolari.

– Infinita, eterna.

Infinita, perché una specie. Eterna, perché una legge.

L'argomento è immenso. E richiederebbe un volume per essere svolto convenientemente. Ed io mi auguro di potere una qualche volta pubblicare almeno una parte delle cose, che potrei dirne, per far vedere quante verità e curiose e grandi, anche su questo punto, è già in grado di offrire la filosofia positiva, in cambio delle sublimità sforzate e rancide dei sogni metafisici.

Per ora mi limiterò a far osservare, che questi due caratteri della rappresentazione chi vuole, può dedurli da sé dai precedenti.

E che, su questo punto, falsa è la dottrina, e dei sensisti e degli intellettualisti.

Il sensismo considera la specie e la legge, come collezioni accidentali ed arbitrarie delle rappresentazioni, per sé essenzialmente individuali; di cose, la prima; di fatti, la seconda.

L'intellettualismo, della specie e della legge, ha un concetto più giusto. Ma le crede inasseguibili colla sola sensazione singola.

La psicologia positiva dimostra (ed è giovata in ciò mirabilmente dalla linguistica, ed anche dall'analogia di tutte le altre formazioni naturali, anche puramente fisiche), che la specie e la legge, nella coscienza dell'uomo, precedono l'individuo e il fatto singolo. E che altrimenti sarebbe impossibile la dinamica mentale, che procede per via delle associazioni di consistenza, di successione, di somiglianza. Come sarebbe impossibile la dinamica, pogniamo, chimica, senza la specie delle sostanze che si combinano, e senza le leggi della combinazione realizzate nel fatto delle loro attività reali. Nelle quali associazioni cogitative notevolissima è poi quella di somiglianza; dipendente da ciò, che una specie, che esiste e che funziona in un dato modo, ossia consiste in un dato ritmo, è la ragione della compenetrazione delle rappresentazioni simili: precisamente come la proporzione colla struttura intima di un corpo è la ragione del fissarvici la forza esterna comunicata, e del trasformarvici in forza di quel corpo, rinforzando e modificando anche quella che vi era prima, e volgendola a poco a poco alla graduale e lenta trasformazione della specie, che è la legge dell'esistenza; nel piccolo, come nel grande.

E dimostra, che una rappresentazione, anche unica, anche di un Sol momento, è già interamente, una specie e una legge: e per la ragione stessa, per la quale il principio medesimo è vero, ed è riconosciuto tale, in ogni altra scienza positiva.

Nel cadavere l'anatomista scopre un organo nuovo. Ecco, egli dice, una specie; e tutti sono d'accordo. E così il paleontologo, che trova in un banco geologico inesplorato un animale fossile, unico della specie. Egli non ha trovato l'individuo, ma la specie. Perché non potrà dire lo stesso il psicologo della rappresentazione elementare singola, della quale arrivi a rintracciare le forme negli strati della coscienza? Il fisiologo si avvede di una funzione ancora non conosciuta di un viscere. Ecco, egli dice, una legge della vita. E così, se il fisico osserva il fatto singolo avverantesi in un suo esperimento. Perché non potrà dire lo stesso il psicologo della rappresentazione singola, della quale arrivi a rilevare l'ufficio nel lavoro del pensiero?

CAPO V

Le idee, in ultima analisi, sono le stesse sensazioni. Quindi le idee sono impulsive del volere.

– L'impulso a volere, da una sensazione.

La sensazione impulsiva, concreta; ossia anche una emozione, o un affetto.

La sensazione concreta, una rappresentazione.

La rappresentazione, persistente.

Ecco il cammino fatto fin qui. Ora un altro passo. cioè: le rappresentazioni persistenti, il materiale per la formazione più elevata che è l'idea.

– Le rappresentazioni elementari, durando a lungo la vita, si accumulano nella coscienza; persistendovi, dopo formate, in un numero immensamente grande.

I sensi nell'uomo, come osservammo sopra, sono moltissimi. E ognuno di essi è, non un senso solo, ma migliaia e migliaia di organi elementari sensibili.

Tutti i sensi poi sono attivi, più o meno, ad ogni istante della vita. E ogni sensazione distinta è la successione non distinta di migliaia e migliaia di atti elementari di sensazione.

Ne viene, che il numero delle sensazioni elementari, cadente e più o meno persistente nella coscienza di un uomo in un lungo periodo di anni, è quello sterminato che risulta dalla moltiplicazione delle migliaia di migliaia di organi elementari, per le migliaia di migliaia di atti elementari, per le migliaia di migliaia di sensazioni di ogni giorno.

E siccome le sensazioni, o le rappresentazioni, sono l'alimento, fornito dal mondo esterno, della vita psichica, così non si esagererebbe paragonando il loro numero, nella coscienza di un uomo adulto, al numero degli atomi di carbonio e delle altre sostanze assimilabili assorbiti dalle foglie e dalle radici di una grande pianta nella lunga durata della sua vegetazione.

L'unità grande, la natura, da per tutto, e così anche nella pianta, e nella coscienza pure (che è natura anche essa), la compone, ammassando i minimi.

– Le rappresentazioni nella coscienza non si affastellano inorganicamente, ritenendovi ciascuna distintamente la propria individualità, come i grani di miglio versati in un sacco. Ma vi si compongono insieme nell'organismo proprio della vita psichica del soggetto cosciente.

Questo loro collegamento si chiama propriamente associazione semplice quando, nell'organismo risultante, i componenti rimangono distinti. E io lo chiamo poi specificazione, quando i varj componenti si fondono, rimanendovi indistinti, in una totalità diversa da ciascuno di essi: ossia in una specie psichica nuova.

Questa, della specificazione, è, una delle leggi fondamentali del pensiero. E, date le condizioni dovute, che qui non possiamo, enumerare, si verifica sempre; come nella chimica la combinazione delle sostanze, che hanno affinità tra di loro.

Si verifica sempre; e, non solo quanto al rapporto di rappresentazione, ma anche quanto a quello emozionale.

E in modo, che la specie risultante si proporziona matematicamente alla qualità, al numero, alla dose degli ingredienti di formazione. Matematicamente, come nelle specie chimiche, e in tutte le altre della natura. Nella quale è la matematica infine lo schema astratto di tutte le leggi.

– Il principio di Newton, dell'entità positiva che diventa negativa per la stessa ragione della quantità algebrica, e che sopra dicemmo doversi applicare al dato psichico iniziale (semplice solo relativamente, come l'atomo del chimico), vale anche per le formazioni mentali complesse della specificazione e della associazione.

Sicché anche queste, pei tre generi sopra avvertiti, della evidenza, della bellezza, della voluttà, si presenteranno, come positive, o bene, nelle tre forme, di vero, bello e piacere, e come negative, o male, nelle tre opposte, di falso, brutto e dolore.

– La legge della specificazione spiega l'origine e la natura delle idee propriamente dette.

Esse sono le formazioni psichiche del pensiero umano dell'ordine più elevato. Le sensazioni ne sono il materiale greggio. E la disformità delle idee da queste dipende unicamente dalla ripetuta elaborazione specificatrice, onde sortirono. La eccellenza immensamente maggiore dell'essere loro non rende impossibile tale origine umilissima, come la nobiltà più elevata delle proprietà delle sostanze organiche non impedisce, che siano un puro risultato delle affinità possedute dalle inorganiche. Dall'essere poi le idee, nel fondo, le stesse sensazioni, si intende come si riscontri in esse la rappresentatività e la impulsività sul volere, proprie delle sensazioni immediate; quantunque colla forma e direzione loro speciale, che spiegheremo meglio in seguito.

Le formazioni psichiche umane sono di molti ordini, che ne formano uno solo assai complesso, il cui ritmo è determinato dalla specialità delle formazioni superiori, dipendenti per la loro produzione dalla convivenza sociale.

– Astrattamente parlando, le forme derivabili per la legge della specificazione da sensazioni, anche poche e rudimentali, sono infinite. Come le sostanze chimiche complesse, pogniamo quelle a base di carbonio, derivabili a priori, per le varie disposizioni possibili degli atomi polivalenti, nel simbolo che ne rappresenta un radicale.

Nel fatto reale però le specie dei concetti sono un numero limitato: come le sostanze chimiche nella natura.

E il numero delle specie dei concetti è limitato dal numero delle specie degli animali. Come quella delle sostanze chimiche organiche dal numero delle specie degli esseri organizzati.

La specie dell'animale, pei concetti che è atta a produrre, come la specie del corpo organizzato per le sostanze chimiche organiche, è l'ambiente, ossia la condizione generale della loro formazione. E le formazioni stesse, per conseguenza, sia pel numero, sia per una qualità comune caratteristica, si proporzioneranno alla specie, ossia all'ambiente, a cui appartengono.

Come se si dicesse, che in un corpo celeste, poniamo nel Sole, in Giove, nella Terra, nella Luna, le formazioni naturali di ogni genere sono determinate dall'ambiente dinamico proprio di ciascheduno: che le rende possibili o no; e, potendo farle nascere, le fa nascere in una data maniera.

– In ciascheduna specie di animali quindi, e come è dimostrato nella scienza nuova della Psicologia comparata: Primo. Sono diverse le sensazioni elementari: come diversi gli organi dei sensi. Per specie, per numero, per grandezza.

Secondo. Sono diverse le formazioni psichiche derivate, secondo la natura e la disposizione degli apparati nervosi centrali, pei quali ha luogo la fissazione, la coordinazione, e la elaborazione delle sensazioni elementari.

Terzo. La serie delle stesse formazioni superiori è più o meno estesa, secondo la capacità e la massa degli stessi organi centrali; o del cervello, parlando dei vertebrati.

E anche sotto questo ultimo rapporto si può formare una scala di tutti gli animali. E al sommo di essa va collocato l'uomo.

Massimamente per l'attitudine speciale al fenomeno dell'attenzione. Attitudine taumaturga, per la quale il pensiero umano è dotato di una autonomia, che lo distingue fra tutti gli altri, lo sottrae alla immediata efficienza delle cose, gli rende possibile la costruzione dei sistemi cogitativi della scienza e degli ordinamenti pratici, crea le specialità individuali svariatissime dell'arte e del costume, e la forza sublime del carattere. Attitudine possibile nell'uomo per lo sviluppo superiore del suo cervello, nel quale si ha, per così dire, un organo nuovo sovrapposto all'inferiore comune; a quel modo che il cervello stesso è nei vertebrati ama sovrapposizione al sistema nervoso vegetativo, onde lo sviluppo e l'autonomia psichica loro, dovuta a tale sovrapposizione, è tanto superiore a quella degli invertebrati.

– Così la psiche di un animale è quella della specie dell'animale stesso. E della psiche tante sono le specie quante quelle degli animali. E la formazione d'ognuna, tanto naturale e necessaria quanto la formazione degli organi, poniamo della nutrizione, e le loro funzioni. E, in ogni specie, secondo il bisogno di essa. Tanto, che il supporre l'esistenza di una specie di animali senza la psiche relativa, è come supporla senza le particolarità relative della loro struttura materiale.

– Quanto all'ambiente formativo dell'idea, nella specie umana si avvera in un modo caratteristico questo fatto: che l'ambiente ristretto di una coscienza sola vi è subordinato ad un ambiente più vasto. Ad un ambiente interindividuale, per esprimermi così. A quello, cioè, della coscienza della umanità tutta quanta.

Un concetto nato in un individuo, per le diverse maniere di comunicazione morale esistenti fra uomo e uomo, e massimamente per la parola (formazione naturale corrispondente al fatto in discorso, e quindi al bisogno di esso, come una formazione organica qualunque corrisponde al bisogno dell'animale in cui si trova), passa da coscienza a coscienza. Come il seme di una pianta, il nascimento della cui specie è dovuto al suolo e al clima di un dato continente, e che, portato in un altro, possa germogliarvi e acclimatarvisi.

E passa lo stesso concetto anche dalle generazioni passate alle successive. Per la predisposizione organica ereditata nella nascita, per la educazione, le usanze, le istituzioni, le lingue, le arti, i monumenti, i libri. Anche se per gran tempo dimenticato e per ciò inattivo; come delle idee pregne di avvenire, espresse in un libro per molti anni non conosciuto, e quindi rimaste per molta età infeconde: alla guisa di quei grani di frumento, che, tratti dai sepolcri delle mummie, furono fatti germogliare dei secoli dopo la loro maturazione.

– E da questo fatto deriva un'altra dote particolare dell'idea umana, notata anche dal platonismo, ma spiegabile scientificamente solo dal positivismo; quella della sua impersonalità.

– Il principio dell'ambiente rende ragione delle differenze dei prodotti psichici, da individuo a individuo, da famiglia a famiglia, da popolo a popolo.

E, delle forme psichiche speciali delle diverse età di un uomo; e di quelle dell'umanità intera. Le quali età si corrispondono, come i periodi brevi dello svolgimento di un feto umano corrispondono ai periodi lunghissimi dello svolgimento delle specie dei vertebrati.

L'ambiente sociale è per un uomo singolo, come l'ambiente del nostro pianeta per una pianta che vegeti sopra di esso. Nella pianta si riflettono, in generale, le condizioni dell'ambiente universale e, in particolare, quelle delle sue modificazioni nei diversi siti, e nei diversi tempi. E la naturalità assoluta delle forme, sia particolari sia generali, della pianta, dipende dalla naturalità dello stesso suo ambiente terrestre, che è un fenomeno necessariamente derivato dalle cause cosmiche che lo produssero.

L'ambiente sociale è anch'esso una naturalità, collegata per la serie infinita degli effetti, all'essere universale. Con ciò anche la psiche di un uomo singolo, e di una società, è naturale in modo assoluto. Ed è con questo concetto che deve essere integrata la dottrina della scuola storica della formazione delle legislazioni, perché sia in tutto vera, e non una ripetizione in larga scala dell'errore del materialismo, notato nei Capi precedenti, di concepirla come una mera accidentalità.

– Quanto alle differenze accennate, due leggi importantissime devono essere ricordate per lo scopo della nostra trattazione. Una, che riguarda le differenze tra individuo e individuo, tra società e società; e un'altra, che riguarda le differenze fra le epoche successive della storia.

La prima di queste due leggi è quella dei gradi di sviluppo della specie psichica per l'epoca storica medesima, per la stessa società, nei varj individui che la compongono.

In questi individui il grado di sviluppo, anche considerata una direzione identica, non lo stesso. Ma va da un minimo ad un massimo. Il minimo, dei cretini, è ristretto a pochi individui; e così il massimo dei geni. In tutti gli altri si hanno dei gradi, pur disuguali, di mezzo.

E in ciò si adempie una legge naturale comune a tutte le cose; quella della utilizzazione della forza. Non si dà mai, che una forza, applicata a un genere di cose, ne sia ritenuta ed utilizzata interamente. Di uno stesso genere di cose, ì diversi individui ne ritengono e ne utilizzano in diversa misura. Come del cibo più persone; delle quali altre crescono in grande misura, altre in piccola. Tale utilizzazione dipendendo dalle disposizioni di ciascheduna, si trova sempre, che sono le peggiori in pochi; e in pochi le migliori; e nei più, in misura però ancora disuguale, medie.

– La seconda legge è quella del progresso storico.

Ogni specificazione psichica, e quindi anche ogni idea sorta, o importata, in una coscienza, è un organo nuovo del suo meccanismo, onde esso è atto a produrne, per la stessa legge della specificazione, delle altre di ordine superiore.

Ne viene, che al fatto umano della eredità delle idee, spiegato sopra, pel lavoro delle età successive, non ricominciato da capo, ma portato sui frutti delle precedenti, consegue uno svolgimento, in forme sempre nuove e più elevate, della stessa specie della psiche umana.

È la stessa legge darwiniana della formazione progressiva delle specie naturali fisiche delle piante e degli animali, applicata alle morali; per le quali poi è irrefragabilmente constatata dalla storia.

In modo, che si può dire, essere, questo della psiche umana, il campo nel quale ormai più manifestamente si è concentrata, fermandosi quasi nel resto qui attorno a noi, la virtù trasformatrice delle energie naturali.

E questo fatto storico è nello stesso tempo una nuova smentita positiva della dottrina metafisica vecchia, dell'idea, che resti sempre la medesima in sé, e si presenti quindi sempre la medesima all'intelletto umano in ogni tempo. L'immutabilità dell'idea è come l'immutabilità della specie. La scienza positiva e la storia, dimostrando la falsità della seconda, dimostrano in pari tempo la falsità della prima. C'è, sì, una immutabilità nella idea: come c'è nella specie. Ma questa immutabilità non è che quella della natura, che resta sempre la medesima e nell'una e nell'altra.

E così è anche smentita la pluralità assoluta delle categorie mentali. Il fondamento teorico delle quali è lo stesso che quello della pluralità assoluta delle specie degli animali, delle piante, e di tutte le altre cose. Le scienze naturali moderne hanno disfatto quel fondamento ingannevole per le entità fisiche; la psicologia positiva, per le morali.

E dicemmo già per qual via.

– La psiche umana così progredita non è però costituita unicamente delle sole formazioni sue più elevate.

Anche sotto questo rapporto esiste una analogia perfetta tra essa psiche e il resto della natura. Le specie vegetali più avanzate sono quelle delle piante dicotiledoni. E tuttavia la vegetazione attuale produce ancora contemporaneamente anche delle specie anteriori, fino alle più antiche, ed alle primitive; cioè di monocotiledoni e di acotiledoni: quantunque assai ridotte dalla estensione e dal vigore delle epoche passate, più propizie al loro sviluppo. E così dicasi delle specie animali e minerali. E anche dei corpi celesti; onde l'universo è un tutto, in cui stanno insieme, in una unità compatta, il vecchio, testimonio del principio, e il nuovo, testimonio della evoluzione progressiva.

Se consideriamo l'umanità presente tutta quanta, vi troviamo proiettata, nelle schiatte e nei popoli attuali diversi, la serie storica delle gradazioni successive della civiltà: i selvaggi, i barbari, le civiltà nascenti, le mature.

Lo stesso, se consideriamo in un popolo solo, le varie classi degli individui, che lo compongono.

E lo stesso ancora, nella singola coscienza di un singolo individuo. Tutte le gradazioni di forme psichiche, dalle inferiori alle più elevate, vi si accozzano insieme.

Anzi la psiche umana riassume pur anco le minori di tutte le altre specie degli animali, come il suo organismo fisico, gli organismi loro.

E ciò non impedisce che non sia una coscienza sola, cioè un organismo mentale ed affettivo unico. Non lo impedisce: anzi è la condizione del suo essere e della sua attività produttrice: giusta la legge universale del divenire, che esposi nel mio libro più volte citato della "Formazione naturale".

– Ho detto, un organismo unico. Ma non allo stesso modo in tutti gli individui.

In ogni coscienza si attengono sempre fra di loro, più o meno, direttamente o indirettamente, le formazioni sue, e semplici e complesse.

Ma la coordinazione logica assoluta di tutte quante non c'è mai: e differentissimi sono i gradi della relativa. E quella, che c'è, è sempre ondeggiante, come la vita psichica stessa

 Maggiore è la coordinazione logica degli elementi della coscienza nell'uomo di genio, nel quale l'idea si scolpisce viva, e si agita potente: e per la forza dell'attenzione si attira sempre più attorno, nell'ordine dovuto, i concetti relativi, e disfa, anche riformandoli, i contrarj. Minore nel mediocre; nel volgo vivono inavvertite le contraddizioni le più flagranti. Come, per dirne una fra mille, la credenza simultanea nel destino e nel libero arbitrio.

L'uomo reale quindi, e l'uomo storico, non è come l'astratto e l'ideale della scienza e dell'arte. Nella realtà, in un uomo solo vivono, per dir così, molti uomini diversi in una volta. Come, nei sedimenti sovrapposti di un'isola, le formazioni geologiche di varie età. Nessun uomo ha il privilegio di essere libero affatto da stonature o mostruosità psichiche; come non lo è mai del tutto dalle fisiche. Perciò un eroe della storia, il Machiavelli per esempio, e quale ha saputo presentarlo il Villari, non è come un eroe di un dramma, che si costruisce con uno stampo fatto apposta, e colla regolarità delle forme geometriche.

– Riassumiamo ora le cose dette, dal punto di vista della impulsività delle rappresentazioni, in quanto danno una impulsività complessiva.

Le rappresentazioni singole di un individuo sono più o meno strettamente, e nei modi più variati, tra loro coordinate; e le inferiori subordinatamente alle superiori. E il tutto individuale, così formato, è coordinato e subordinato alla sua volta alla serie delle totalità sociali, come queste, infine, lo sono alla natura universa.

Il ritmo impulsivo quindi di una coscienza sola nasce, oscilla, si trasforma, per una forza, che viene dalla natura, e mediante la società. Come il ritmo delle pulsazioni cardiache, sintesi dei riflessi molteplici delle funzioni svariate di tutto l'organismo, dalla costituzione dell'individuo; e, per essa, da quella della specie; e, in fine, dalla natura, in seno alla quale origina e si mantiene. E l'analogia ci serve a spiegarci meglio.

Un pulsometro scrivente, applicato ad un'arteria di un uomo in una data ora, mi dà una linea ondeggiante continua, che mi rappresenta l'attività ritmica del suo cuore. Quella linea, che pare semplice, è la risultante di un numero grandissimo di curve, che vi si compongono in una sola: come le vibrazioni della lamina telefonica, assommante in un ritmo solo i molti e diversi delle armoniche concorrenti della parola umana. L'andamento generale della linea pulsometrica, apparentemente semplice, e pur tanto complessa, è il medesimo, anche se il pulsometro si applichi allo stesso individuo in altre ore, in altra sua età; anzi pure se si applichi, in circostanze diverse, a qualunque altro uomo. Vale a dire, è sempre l'andamento o il ritmo cardiaco della specie umana. Ci sono però anche delle differenze in questa somiglianza comune, tra gli uomini di schiatte differenti, tra quelli dello stesso paese, e della stessa famiglia, e, nello stesso individuo, nelle differenti età, nelle differenti ore del giorno. E le differenze dipendono dal comporvici diversamente, nei varj individui, nei varj momenti, i moti concorrenti a produrre il ritmo. E disformi sono i moti concorrenti, perché molteplici e disparati gli organismi, onde procedono, per la riflessione delle attività loro nella funzione cardiaca. Disformi, e incostanti, e quanto alla proporzione e quanto alla intensità. E in dipendenza poi anche dalle schiatte, dall'ambiente fisico; perfino da tutte quelle cause di ogni momento che si manifestano nell'igrometro, nel barometro, nel termometro, nel voltametro.

Lo stesso dicasi del ritmo della impulsività complessiva della intelligenza umana.

La statistica morale (come è dato argomentare dai saggi ancora molto imperfetti che se ne hanno) fa per l'intelligenza ciò che il pulsometro pel cuore: deducendo dagli atti volontarj le impulsioni rappresentative che li determinano e presentandole in una linea ondeggiante, ritmica, colle concorrenti, colle somiglianze e colle dissomiglianze notate in quella del cuore.

Il ritmo psichico è la risultante stabile del numero infinito dei diversi persistenti psichici, individuali e sociali. I quali persistenti dipendono da persistenze materiali, dipendenti poi in ultimo dalle cause universali costanti e ritmiche della natura.

Le persistenze materiali, nell'individuo, sono lo sviluppo e la morfologia cerebrale e degli organi dipendenti. Nella società, tutti quanti i prodotti esterni e comuni dell'operosità umana. L'uomo è richiamato ad una idea e quindi ad un atto, non solo dall'eretismo. di una cellula del suo cervello, ma anche da quanto tocca, ode, vede, al di fuori. Per ciò la casa, la città, il paese, colle infinite cose che presentano e che l'uomo vi ha fatto, lo traggono continuamente, e con una costanza e un ordine d'insieme sorprendente. Questi persistenti artificiali della società corrispondono ad altrettante idee che le appartengono; e sono un numero immenso; ma non è minore l'immensità in quello, che la natura ha creato, nelle masse, nelle cellule, nelle molecole della sostanza nervosa.

Perché nell'animale al fenomeno puramente fisico e fisiologico si aggiunga il fenomeno psichico. E perché questo si presenti come piacere e dolore: ossia il problema del bene e del male.

Si presentano ora quattro problemi da sciogliere.

Primo. Perché nell'animale, al fenomeno puramente fisico e fisiologico, si aggiunga il fenomeno psichico.

Secondo. E perché questo si presenti, come piacere e dolore: ossia il problema del bene e del male.

Terzo. Come nell'animale, e in ogni sua specie, la costituzione della psiche corrisponda al suo bisogno.

Quarto. Come la costituzione della psiche umana corrisponda al bisogno particolare della specie umana.

I due primi di questi problemi saranno l'argomento di questo Capo. Gli altri saranno studiati nelle due parti che seguono di questo primo libro.

– Il perché dei primi due problemi è questo semplicissimo: il bisogno dell'animale.

Il fenomeno psichico? Si dà nell'animale, perché è un bisogno dell'essere suo, come animale.

Il piacere e il dolore? Si danno per la stessa ragione.

Dato nella natura l'organismo animale, con ciò è data la ragione del fenomeno della respirazione, che è necessario allo stesso organismo. Del pari, dato l'animale e l'uomo, è data anche la necessità della psiche, e del piacere e del dolore, poiché questi sono necessari alla sua esistenza; e così è dato anche il loro perché.

Ed è un perché affatto scientifico. Un perché assolutamente risolutivo del problema.

Alla domanda: perché le leggi della gravitazione nel sistema solare? La scienza risponde: pel bisogno del sistema solare. Esso non potrebbe esistere, come tale, senza quelle leggi. E la domanda rimane così esaurita interamente.

Lo stesso, se si domandasse: perché le leggi dell'affinità chimica fra gli elementi materiali delle sostanze? Perché le leggi proprie dei vegetali? La risposta è, come dissi, assolutamente risolutiva, per la ragione, che la formazione naturale, qualunque essa sia, materiale o psichica, è dipendente necessariamente dalle forze, che la producono: e queste dalle altre, onde sono; e le altre, dalle altre, senza fine. Tanto, che la scienza positiva ha ottenuto il suo scopo diretto quando di un fatto dato ha rilevato la causa immediata. Perché così ha, stabilito la necessità d'entrambi; dell'effetto della causa, e della causa dell'effetto.

La scienza positiva, e nella natura fisica e nella morale. E l'idea, che le entità psicologiche, massime nell'uomo, provengano unicamente da un capriccio, più o meno savio, di una divinità che potesse donarle, o non donarle, come il volgo crede, e anche tanti sapienti, anticamente e anche adesso, è una idea che è negazione pura e semplice della scienza.

L'entità psichica non è un capriccio arbitrario di una qualche divinità, perché è indispensabile all'esistenza dell'animale; e il quale e il quanto dell'entità stessa corrispondono perfettamente al quale e al quanto della medesima esistenza.

– Fermandoci ora in particolare al primo problema, dimostriamo ciò che asserimmo; che cioè il fenomeno psichico si dà nell'animale perché è un bisogno dell'essere suo.

Ne è un bisogno, occorrendogli per la locomozione e per tutti gli atti volontari ad essa relativi. Sicché gli è tanto necessario quanto la stessa locomozione.

A produrre e a mantenere nell'essere suo il minerale basta l'affinità chimica insieme agli agenti fisici, come il calore e la elettricità, che arrivano sopra i corpi, senza che questi vadano a cercarli. Gli spostamento meccanici da loro subiti, pei movimenti diversi degli elementi, bastano allo scopo di presentarli dove occorre per gli effetti a cui servono.

Parlando poi del vegetale, si richiede anche la varietà degli organi, allo sviluppo alla riproduzione, e alla difesa: e la quantità grandissima e la diffusibilità sorprendente dei semi e del polline, per opera esterna degli agenti materiali che lo circondano. Non occorre però che la pianta stessa si muova. Nel terreno, nell'acqua, nell'aria del posto toccatogli, l'acqua, l'acido carbonico, gli altri minerali occorrenti, la luce, vengono essi a trovarlo e a imbeverlo di se stessi.

Non così l'animale. Il suo sostentamento non è da per tutto, come l'acido carbonico nell'aria; ma in qualche sito soltanto, e anche lontano; e non sempre nello stesso luogo. È necessario quindi, che l'animale vada a cercarlo, e quindi sia fornito della proprietà della locomozione. E questa, in relazione al mezzo nel quale deve muoversi, e alle distanze a cui deve portarsi. Ciò è tanto vero che la locomozione propriamente detta manca appunto per quegli animali che hanno il cibo sempre attorno a sé, come certi parassiti, e i zoofiti. E la locomozione occorre nell'animale anche per la difesa e per la riproduzione. E in genere per tutti i bisogni dell'esistenza propria di ogni sua specie.

Ora la locomozione richiede l'aiuto dei sensi. Dei sensi esterni e degli interni; e del volere; e della dipendenza di questo da entrambi. Al che si riduce essenzialmente, come vedemmo, tutta quanta la psiche.

E in ciascun animale dovranno variare il numero e le qualità dei sensi, e le combinazioni dei prodotti loro, come la locomozione stessa. Ossia si dovranno avere le specie psichiche, come la specie della locomozione.

È evidente la necessità affermata dei sensi esterni per la locomozione. La posizione del cibo, del pericolo, della cosa, che occorre ed è lontana, e la direzione del movimento alla sua volta; l'accertarsi di esserne in possesso; e che serva al bisogno; non possono dirlo che i sensi esterni.

Evidente anche la necessità del volere. Le funzioni puramente vegetative non ne dipendono, per la semplice ragione che non sono accidentali, e si devono compiere con un ritmo costante. Onde, e hanno dipendenze da centri speciali, e non sono necessariamente collegati al cervello, che è l'organo di coordinazione dell'individuo, coll'ambiente esterno. Gli atti locomotori sono relativi ai casi intermittenti e fortuiti delle sensazioni esterne. Bisognava quindi un centro apposta, che stesse di mezzo fra gli organi dei sensi, e gli apparati locomotori.

Evidente da ultimo anche la necessità dei sensi interni. I bisogni dell'animale in relazione a quelli, pei quali servono i sensi esterni, non sono continuati, come quelli della respirazione e della circolazione del sangue. Ma intermittenti. Al volere quindi occorrevano pel suo funzionamento anche i sensi interni, pogniamo, della fame, della sete, del sonno, e via discorrendo, che lo eccitassero e lo regolassero nella opportunità, data dal senso esterno, secondo il bisogno, da essi segnalato.

– A misura che si ascende nella scala zoologica, e soprattutto negli animali forniti di un cervello propriamente detto il centro nervoso, che comanda i movimenti volontari, non è isolato, sì che comunichi direttamente cogli apparati impulsori sensitivi periferici e dei visceri senza organi intermedi.

Esiste questo organo intermedio; complicatissimo. Di una complicazione che è in ragione della superiorità dell'animale.

E questo organo intermedio è, come a dire, il serbatoio durevole delle impressioni fugaci degli oggetti esterni e degli stati interni dell'animale.

Per esso l'azione del mondo esterno persevera nell'animale, anche quando il mondo stesso è assente, come il calore immagazzinato in un corpo, anche rimossa la causa del riscaldamento. Sicché io chiamerei quello, l'organo dell'immagazzinamento del mondo esterno nell'interno dell'animale.

Non solo: ma il mondo esterno stesso vi si moltiplica; mentre un oggetto solo, impressionando due volte, conta come due oggetti. E (che è più, ed è la cosa più sublime, e più nuova, e, si può dire, non mai ancora da alcuno sotto questo punto di vista, considerata) vi si combina in un mondo particolare; cioè in quello che occorre per l'animale in cui il fenomeno avviene. Di che diremo qualche cosa di più concreto, trattando del terzo dei problemi in discorso.

– Ma a questo punto si dirà: con tutte le cose dette il fenomeno cosciente o psichico non si vede ancora necessario. Ma solo il fisiologico o materiale incosciente. I moti fisici dell'ambiente, degli apparati sensitivi, dei centri; e ciò basta a spiegare il fatto. La coscienza e le sue forme restano ancora una pura superfetazione. Rigettabile quindi, come la superfetazione stessa, l'impulsività dell'azione volontaria dell'animale attribuita alla rappresentazione e all'idea, e non ristretta unicamente al movimento fisico della funzione strettamente fisiologica.

Questo ragionamento, apparentemente tanto seducente e rigorosamente logico, è un ragionamento essenzialmente contraddittorio; ed è fondato sopra un pregiudizio dei più forti, e che solo oggi la scienza è in grado di togliere.

E inganna perché, nel farlo, si applica a priori al fatto reale una fallace astrazione, secondo l'usanza della vecchia metafisica, condannata dalla scienza positiva. Ed ecco perché i vecchi materialisti, che ci tengono tanto, io li chiamo, pretti metafisici.

Il ragionamento in discorso parte da un pregiudizio, che falsa la prospettiva dell'essere, come il pregiudizio del movimento apparente del sole falsava la prospettiva dell'ordine astronomico. Parte cioè dalla supposizione, che ciò che poniamo, dicendo, la materia e il suo movimento, non sia poi anch'esso, uno di quegli stessi dati, onde consta il fenomeno psichico e cosciente. Che ci avvezziamo a distinguere da tutti gli altri; e a porre da sé, solo per l'associazione speciale dalla quale sorte la formazione mentale del di fuori. Ci avvezziamo, dico, a porlo da sé, e a costituire di esso solo ogni di fuori, anche quello del cervello: che, pensato a questo modo, è, non tutta la realtà, ma solo una parte di essa. Come un disegno a varj colori guardato con un vetro, che li sopprima tutti, meno uno, lasciando vedere quindi questo solo.

Come dico, questo dato della materia appartiene al genere comune delle formazioni coscienti, e nella psiche si accorda colle altre, come nella natura in genere una cosa qualunque colle altre cose. Anzi la specialità sua, onde si distingue dalle altre, proviene, per via della specificazione, da una combinazione variata di entità psichiche fondamentali, identiche infine per tutti i diversi della coscienza.

L'osservazione ci dà nel fatto dell'animale i moti della materia organica e insieme le rappresentazioni soggettive; e con ciò si ha la certezza della consistenza reale e naturale dei due ordini di fenomeni, e della loro correlazione causale, sia pure indiretta. Anche se si ritenessero irreducibili ad un ordine solo di cose, e quindi si pensasse assolutamente misteriosa ed inspiegabile la detta correlazione. Ma, posto fuori di dubbio il fatto per l'osservazione, la filosofia positiva arriva poi anche a togliere la detta irreducibilità, come già più volte altrove ho accennato; e ho detto, che spero di poter mettere qualche volta in maggiore e piena evidenza.

– Ora del secondo problema, ossia del problema del bene e del male.

Il piacere e il dolore, ossia la soddisfazione e il disgusto, sono, come dicemmo sopra, niente altro che stati, positivo il primo e negativo il secondo, di un medesimo che della coscienza. E sono indispensabili alla effettiva produzione dei movimenti volontari dell'animale, secondo il suo bisogno, per la legge universale della varietà, esposta nella mia "Formazione naturale"; come l'attrazione e la ripulsione, al giuoco effettivo delle forze nel resto della natura.

Appunto perché positiva, la rappresentazione, nel piacere e nella soddisfazione, è impulsiva, muovendo il volere inattivo; e lo è, frenandolo, e spingendolo in senso opposto, nel dolore e nel disgusto, perché in questo è negativa. E guai se nell'animale non ci fosse il piacere e il dolore: il suo bisogno non sarebbe soddisfatto; anzi egli verrebbe meno del tutto.

Il piacere del cibo e del sonno, per esempio, lo invita, quando occorre, a mangiare e a dormire. Il disgusto della sazietà lo frena nel mangiare e nel dormire quando il bisogno è soddisfatto, e il proseguire li nuocerebbe. E così per ogni altro genere di bisogni.

A molti dei quali, nell'uomo (come diremo poi ancora dettagliatamente), servono i piaceri e i disgusti estetici, e quelli dell'evidenza. Rispetto ai quali ultimi la ricerca del vero, e il lavoro per liberarsi dall'errore sono effetti della soddisfazione ideale, e del suo contrario. E a questo riguardo basta, onde persuadersene, richiamare alla mente lo sforzo appassionatissimo, onde si insiste, ripensando a due circostanze di un medesimo fatto, anche se al tutto futile, delle quali non si è ancora rilevata la connessione. Quello sforzo è tanto appassionato, quanto quello di togliersi un granellino fastidioso da un occhio. Ed è infine lo stesso fenomeno, che si manifesta nella ricerca scientifica.

Lo stesso meccanismo dell'uso dei sensi è basato su questi rapporti di positività e negatività affettiva della sensazione. Il disgusto, che si prova quando l'immagine di un oggetto visibile cade sui lembi della retina, spinge a volgere l'occhio in modo da riceverla nella fovea centralis; dove, essendo perfetta la visione, il desiderio, effetto di quel disgusto, è soddisfatto, e ci fermiamo. E il fenomeno dell'attenzione, promossa da un concetto solo presentito, iniziale, incompiuto, imperfetto, e che ha una importanza capitale nella dinamica mentale dell'uomo, nasce anch'esso allo stesso modo.

– Ma non basta. Un'altra, ed ancora essenzialissima importanza, per l'esistenza dell'animale, ha il dolore.

Stante la semplicità della costituzione del minerale, e della pianta, le precauzioni esterne messe in opera per essi dalla natura bastano a conservarli quanto si richiede.

Non così per l'animale, stante la complicazione e la finezza immensamente maggiore dei suoi organi, e delle sue funzioni, onde sono facilissimamente alterabili. Impossibile, nella infinità delle eventualità nocive, mantenerli integri con sole disposizioni generali preventive, e senza una attenzione e una cura sopravveniente al caso accidentale di ogni momento.

E a ciò come ha provveduto la natura? Col dolore; che, nell'animale, fa l'ufficio del manometro e della valvola di sicurezza, applicati dal meccanico alla caldaia a vapore per la sua conservazione.

Il dolore nasce per una alterazione morbosa, o dissolvente, dell'organo; e dà l'allarme. Il dolore sforza l'animale, anche suo malgrado, a smettere, per quanto è in lui, la funzione diventata esiziale, e a rimuoverne le cause: sicché l'organo ha campo di rimettersi nelle condizioni normali e per ciò di potersi conservare.

Siccome poi nella umanità si avvera, al di sopra di quella comune a tutti gli altri animali, una speciale formazione ulteriore, ancor più nobile e conseguentemente più complessa, quella cioè della sua vita civile, nell'organismo della quale gli elementi concorrenti sono le coscienze individuali colle loro idealità, così, in questa, un ufficio e una ragione analoga ha il dolore morale; ossia un disgusto corrispondente ai gradi più alti della scala effettiva esposta superiormente.

– Ecco il perché positivo del male. Il perché dell'epoca scientifica, o dell'avvenire. E quanto diverso dal perché metafisica, cioè dell'epoca religiosa, o del passato! Il periodo lunghissimo della religiosità si svolse in quattro stadj principali.

Da prima fu avvertito distintamente solo il dolore fisico. E si credette, che lo infliggesse all'uomo, per suo gusto, una potenza superiore: inclemente, come le forze cieche della natura; fiera ed adirata, come il nemico vincitore nei selvaggi combattimenti. E l'uomo ebbe paura di questa creazione della sua rozza fantasia; e si argomentò di placarne il sognato furore di nemico coi doni; vale a dire coi sacrifici.

Più tardi poté essere avvertito distintamente anche il piacere. E allora non una, ma due le divinità: la buona, causa del bene; e la malvagia, causa del male. E, come nella natura, così anche nell'uomo, commiste le produzioni loro, cioè il bene ed il male. Nell'uomo, il corpo provenire dal principio malvagio, e quindi essere essenzialmente un male; e l'anima, dal principio buono, ed essere per ciò essenzialmente un bene. È naturale che, con siffatto ordine di idee, la religione consistesse nella purificazione dell'anima mediante la mortificazione del corpo.

In seguito, in uno stato sociale più avanzato, nel quale si verificò che un capo puniva, in nome della giustizia, l'infrazione volontaria della legge, il dolore apparve, siccome il castigo dovuto della legge violata. E allora si poté formare il concetto della divinità giusta, che vendica la colpa, infliggendo una ammenda proporzionata, ossia un dolore. E la religione consisté nel soddisfare alla inesorabile esigenza di una tale personificazione oltremondana della giustizia. In pari tempo, per la osservazione, che il dolore, ossia la punizione, si verificava anche nei non colpevoli, si dovette, affine di liberare in qualche modo il concetto religioso fondamentale dalla contraddizione, ricorrere allo spediente, suggerito anch'esso da una osservazione di fatto, del peccato originale.

Da ultimo, avendo il progresso dell'incivilimento reso più mite l'animo e fatto predominare il sentimento della benevolenza e del perdono, la carità, divenuta coscienza dell'uomo, fu da esso portata in dio; e, insieme alla carità, la redenzione e il perdono, invece della riprovazione e del castigo senza scampo. E ne venne la religione, non totalmente servile, ma in parte figliale, della conversione per mezzo del pentimento inspirato dall'amore del bene, e dimostrato colla sofferenza passiva rassegnata dei patimenti, e coll'applicazione volontaria di essi.

– Così, nell'epoca religiosa, la falsa idea della ragione del male ha fatto sì che l'uomo, per quanto fu da lui, e poté sfuggire alla forza, pur sempre preponderante, della natura, ne turbò a proprio danno l'economia salutare. Sicché anche a questo proposito si possono fare delle riflessioni molto istruttive sul valore assoluto, pel bene dell'umanità, dell'idea religiosa. Andando dietro alla quale gli uomini hanno fatto come quello, che, guardando la luna, non ha visto il fosso e vi è caduto dentro.

L'economia salutare della natura nel fatto del bene e del male, la intende solo il positivista; e la salva, applicando a suo riguardo, non le pratiche religiose, che contrastano gli intendimenti della natura, ma quelle dell'igiene (fisica e morale) che li secondano.

Perciò assai sapientemente dice il prof. Trezza nel suo Epicuro: "L'edonica epicurea non è che un modo dell'etica; non sottrae dall'uomo la coscienza, ma la intende altrimenti dalle scuole ascetiche Epicuro non domandò, come Empedocle e Platone, alla morte la purificazione del genere umano, non frugò nei cimiteri ascetici d'oltretomba per iscoprirvi il germe d'una rinascita; la sua morale non è che la gioia educatrice delle coscienze, la gioia del maturarsi dilatandosi in un ideale che non è fuori di noi ma dentro di noi, la gioia dell'essere, che dissuggella le sue potenze migliori, le moltiplica e le infutura in una eredità di salute. L'edonica, intesa per tal modo, è una intuizione profonda della vita e ne rivela le parti sane ed eterne. Più l'uomo cresce sopra se stesso ed acquista potenze nuove di spirito, e più castiga la viltà tumultuante degli istinti disonesti, creando negli organi purificati una virtù che li fa veicoli del divino. Solo allora la coscienza estetica dell'uomo partorisce i diletti olimpici di quella pace che lo corona nella sacra epoptea dei redenti del bene".

PARTE SECONDA
DEL VOLERE

CAPO I

Come nell'animale la costituzione della psiche corrisponda al suo bisogno. La psiche è un mondo possibile che si presenta siccome il piano dell'opera a chi ha da produrne uno reale. L'istinto è una serie fisiologico–psichica persistente. La libertà è una somma di istinti. La passione e il suo officio nella economia psichico–volontaria dell'animale.

– Passiamo al terzo problema. cioè, come nell'animale e in ogni sua specie, la costituzione della psiche corrisponda al suo bisogno.

I fattori della psiche, come dicemmo, sono le sensazioni elementari e le combinazioni loro, onde sorgono le formazioni vive dei pensiero.

La natura speciale di una data psiche adunque dipende, in primo luogo, dalla natura delle sensazioni elementari, che vi entrano.

Come se si dicesse; che le figure possibili di un caleidoscopio dipendono dal numero, dalla grandezza, dalla forma e dal colore dei pezzetti di vetro messivi dentro. E, che le produzioni naturali in un astro dipendono dalle sostanze contenute nella sua massa.

Nel che una considerazione importantissima è da fare. La rappresentazione di un ordine di fenomeni o di rapporti naturali, di quelli, per esempio, che si designano col nome di oggetto, o di esteriorità, e che nell'uomo è formata soprattutto mediante le sensazioni cutanee e muscolari, e si chiama la materia e il suo movimento, può in altre specie di animali essere formata mediante altre sensazioni; poniamo, mediante quelle dell'olfatto: in modo che l'esteriore ne sia concepita, come una combinazione di odori e delle variazioni loro.

Il pesce, che scivola guizzando nell'acqua, non si può fare una idea della resistenza dell'esterno come il cavallo, che pesa fortemente sul terreno calpestato, e lo fa risuonare, battendolo coll'unghia: la farfalla, che è portata sulle ali soffici dall'aria leggiera, e s'attacca con uncini sottilissimi ed elastici al petalo molle di un fiore, e ne succhia l'umore con una tromba pieghevole, non si può fare una idea delle cose come leone, che si slancia con feroce coraggio sulla preda che si difende, e l'afferra vigorosamente cogli unghioni, e ne fa scricchiolare le ossa sotto i denti potentissimi.

La detta considerazione può aiutare a far comprendere il principio più volte accennato, che il concetto umano della materia non è un concetto assoluto; e non è essenziale alla rappresentazione dell'essere oggettivo. Come, del resto, non lo è sempre alla stessa maniera neanche nell'uomo stesso mentre varia notevolmente dal veggente a quello, che essendo nato cieco, non poté fondere insieme nell'idea dell'estensione le sensazioni visive colle cutanee e muscolari; sicché nel primo il pensiero della materialità non è identico a quello del secondo.

I sensi sono come dei filtri, che permettono ai fenomeni esterni di entrare nella coscienza; ma non a tutti. Ad alcuni sì, ad altri no. Degli infiniti fenomeni naturali un animale ne sente solo alcuni pochi. Né i medesimi fenomeni tutti gli animali. Altri questi, altri quelli, secondo la diversità dei sensi, o dei filtri, onde li possono avere. E, anche se i medesimi fenomeni, non nella stessa misura o dose; poiché i sensi analoghi non hanno le medesime proporzioni di grandezza, e quindi di ricettività, e nemmeno nella stessa forma di sensazione; essendoché il medesimo fenomeno esterno si atteggia diversamente nella sensazione secondo il piano di struttura del senso sul quale viene a cadere.

Non tutti gli animali, per esempio, sono forniti di occhi; sicché quelli che ne mancano, hanno una psiche, la quale è senza luce e senza colore. E due sensi differentissimi possono impressionarsi del fenomeno medesimo, come la cute e l'occhio dei raggi del sole; ma trasformandoli, il primo nella sensazione della temperatura, e il secondo in quella della luminosità. E gli animali, che hanno gli occhi, non li hanno tutti della stessa grandezza e potenza; e quindi neanche la psiche, la luce e i colori, nella stessa misura. E nemmeno formati sullo stesso disegno; e quindi varie anche le parvenze ottiche.

Ed è, a questo proposito, notevolissimo il fatto della estensione del senso cutaneo nell'uomo; senza confronto più ampio e proteiforme, che in tutti gli altri animali; e della disposizione particolare, che in esso uomo si osserva, dell'apparato muscolare delle mani. Anche da ciò dipende in genere la morfologia caratteristica della sua psiche, e in ispecie quella della sua rappresentazione del di fuori, mediante il concetto della materia.

– In secondo luogo, come si disse, la costituzione particolare di una specie di psiche dipende dalle qualità di combinazione delle sensazioni elementari, che possono formarvisi. Come se si dicesse che, coi fili medesimi, due telai differenti producono due qualità differenti di stoffa. E che la stessa luce e lo stesso acido carbonico sono elaborati in frutti di forma e sapore dissomigliante da due piante dissomiglianti.

Quanto sono diversi i costumi, e quindi le specie psichiche, di un cane e di un gatto, malgrado la pressoché identica qualità e quantità delle sensazioni elementari, onde risultano! Ma è anche diverso il tipo cerebrale dell'uno e dell'altro; il tipo cioè dell'apparato onde hanno luogo le combinazioni intime delle dette sensazioni. Mentre, dove c'è analogia di tipo cerebrale, c'è anche analogia di costumi e quindi di psiche; mettiamo, nelle diverse specie di scimmie, di felini, e via dicendo.

Nell'uomo troviamo una psiche immensamente distinta e superiore a quella di tutti gli altri animali. E ciò malgrado una differenza piccola o nulla del numero e della qualità delle sue sensazioni elementari. Ma ciò si spiega colle ragioni delle combinazioni formatrici proprie dell'uomo, e, senza confronto, più favorevoli. cioè, un tipo speciale e una massa assai maggiore di cervello. Uno sviluppo assai più esteso del suo strato corticale. La vita più lunga. E il concorso simultaneo degli individui, e passati e presenti, per mezzo del linguaggio, e in mille altre diverse maniere, nella elaborazione del pensiero.

– Malgrado tante differenze, non è però impossibile di fare un abbozzo dello schema teorico generale della psiche. Come non impossibile di fare l'abbozzo dello schema teorico generale dell'organismo animale malgrado le infinite sue differenze.

Abbiamo visto in uno dei precedenti capitoli, come il dato psichico possa essere una specie, ed una legge. E facemmo in altri un cenno delle associazioni delle rappresentazioni in varie guise aggruppate; e della associazione per somiglianza; onde i gruppi si categorizzano, o intorno alla specie, o intorno alla legge. E della associazione per consistenza; onde i gruppi si connettono alla specie, come simultanei: ossia come un ordine di cose. E in fine della associazione per successione; onde i gruppi si connettono alla legge, come succedentisi: ossia come un ordine di fatti.

Ed ecco lo schema teorico generale della psiche.

Un ordine di cose, in un ordine di fatti. o un ordine di fatti in un ordine di cose. Ossia la linea dello spazio, che si muove su quella del tempo.

Ossia un mondo. Un mondo speciale, quale occorre pel bisogno dell'animale. Un mondo possibile, che si presenta come il piano dell'opera a chi ha da produrne uno reale.

L'animale ha nella sua rappresentazione lo schema di un ordine di cose; e con questo crea, muovendosi, e quindi muovendo, un ordine reale di cose. Ha nella sua rappresentazione lo schema di un ordine di fatti; e con questo crea, muovendosi e muovendo, un ordine reale di fatti. E l'una e l'altra creazione vanno insieme, perché insieme sono anche gli schemi.

Altro non è la psiche, fuor che questo. Né occorreva che fosse altro.

– Il che ci porta a parlare dell'istinto: essendoché il concetto suesposto della psiche spiega anche il fatto dell'istinto; e il fatto dell'istinto, alla sua volta, è una prova della verità del concetto medesimo.

Anche un istinto è un ordine. Un ordine di cose, e un ordine di fatti. Una funzione principio connessa con altre simultanee, e con altre succedentisi. E con una distribuzione determinata.

Solo che l'istinto è un ordine innato e fisso; e non artificiale e mutabile, come nella forma più elevata e più libera della psiche, detta, l'intelligenza o la ragione.

Ma c'è anche qui un pregiudizio da distruggere. Il pregiudizio, che sia assoluta la distinzione fra istinto e ragione. No. Tra l'uno e l'altra non c'è difformità di essenza, ma solo di grado. Come negli organismi, nei quali le differenze e le specializzazioni si formano a poco a poco da masse inorganiche indeterminate. E non solo i tessuti, ma anche i sistemi. E non solo quelli della vita semplicemente vegetativa, ma anche quelli della volontaria.

E l'istinto per ciò tiene della ragione, come questa dell'istinto.

Mentre si sa, che anche negli istinti c'è scelta; e anche nella ragione c'è ordine predeterminato. E che l'istinto diminuisce a misura, che si sviluppa la psiche; e la ragione, nell'abitudine, onde si fissano rinforzandosi le permanenze logiche artificiali, si cristallizza solidamente diventando natura.

– Anzi dirò una cosa, la quale, perché inaudita, quanto più vera, tanto parerà più strana e degna di scomunica.

Che cosa è poi infine la libertà, onde l'intelligenza, ossia la ragione, si distingue dall'istinto, se non semplicemente una somma di istinti? Più istinti, più ragione.

L'idea è costituita di sensazioni; e ne è solamente la reduplicazione. Del pari la ragione è costituita di istinti; e sorge dalla reduplicazione loro.

Come nei movimenti dell'animale, che si hanno per mezzo dei muscoli, e che, avendosi un muscolo solo, sono di una sola guisa immutabilmente, e, per averli variati e liberi, basta che si aggiungano altri muscoli; come nella proprietà della sostanza organica, i cui elementi inorganici hanno energie uniformi, ma che, essendovi assai moltiplicati nella sua molecola molto complessa, è divenuta proteiforme: così, nella intelligenza o ragione, la libertà, che la distingue, è effetto del numero dei gruppi istintivi.

E, come possa avvenire, è facile a intendersi.

Un apparato unico non può prestarsi che ad una sola operazione determinata. Se gli apparati sono molti e diversi e si possono far agire insieme, e variando gli accoppiamenti, e variando le intensità delle forze applicate a ciascuno, è evidente che le operazioni con ciò risulteranno, e molte, e non predeterminate.

– La libertà psichica adunque, ossia la intelligenza o la ragione, dipende: Primo. Dal numero delle disposizioni che determinano una data catena di idee, o un gruppo istintivo. E questo numero nell'uomo è grandissimo, entrandovi anche quelle dell'assetto sociale; come abbiamo detto sopra.

Secondo. Dalla variabile intensità di azione in tali gruppi o catene. La quale variabilità da che dipende?

– In un istinto si ha una serie psichica persistente. E la persistenza psichica è una cosa che già conosciamo.

Dico una serie psichica, perché è assurdo che si creda, che l'uccello che fa il nido, non concepisca nella sua immaginativa le cose che va facendo. Il che però non vuol dire che tutti gli istinti in tutti gli animali siano serie psichiche allo stesso modo e collo stesso grado di stato cosciente. Lo stato cosciente più evidente di un uomo è un grado massimo in una scala di stati che discende fino ai minimi delle funzioni più incoscienti della sua vita vegetativa. E un istinto di un animale può corrispondere ad uno qualunque di questi gradi, che si seguono per infinitesimi. Sempre per quella stessa legge universale della natura, che una formazione, in un dato grado dello svolgimento dell'essere, è un più distinto, preceduto in modo continuo e quindi infinitesimalmente da un meno distinto.

Ora, una serie psichica persistente qualunque ha bisogno di una eccitazione onde diventare attiva; come il muscolo per contrarsi. Questa eccitazione può essere data da cause diverse, che operano con intermittenza d'azione e di intensità.

– E le principali di queste cause, non parlando di quelle che dipendono dallo stato fisiologico del cervello, si possono ridurre a tre categorie. Il senso esterno, il senso interno, e la reazione volontaria dell'attenzione.

Che l'eccitazione dei sensi esterni sia variabile per intermittenza d'azione e di intensità, massime negli animali superiori, pei quali muta l'ambiente continuamente, e i sensi, essendo molti, alternano l'attività loro nei modi più diversi, è la cosa più certa che si possa dire.

E lo stesso si avvera per le sensazioni interne, come la fame, la sete, e i diversi stati piacevoli e dolorosi degli organi.

Ma, parlando delle sensazioni interne, notevolissimo, sotto il riguardo in discorso, è il fenomeno, delle passioni.

– La passione è anch'essa una sensazione. E prendendo la parola nel significato più comune, (poiché del resto è abbastanza oscillante e vago) una sensazione di quelle, che cadono sulla nostra scala, cominciando dalla parte più bassa e venendo in su fino ad una certa altezza.

Una sensazione, ma nel nostro senso concreto; cioè accompagnata dalla sua emozionalità. Anzi da un grado molto intenso di tale emozionalità.

Ho detto, che è una sensazione. Il che è l'opposto di ciò che insegna la filosofia tradizionale; la quale, le passioni, le fa nascere nell'anima, e da esse diffondersi e manifestarsi con movimenti particolari nelle varie parti del corpo. Questi movimenti precedono il fatto psichico della passione, e ne sono la causa; allo stesso modo, che lo scotimento dei bastoncini della retina precede il fatto psichico della visione, e ne è la causa.

Se poi la passione è, una sensazione è, secondo le cose da noi dette più volte, nello stesso tempo, non solo uno stato affettivo, ma anche una rappresentazione. Poiché ciascuna passione è una entità psichica distinta, e che si concepisce anche diminuita di intensità, e negli altri.

E l'errore, già chiarito sopra, della separazione in due cose diverse della emozionalità e della rappresentazione identificantisi nella sensazione, originò da questo, che in alcuni fatti psichici, per esempio nelle sensazioni esterne e nelle concezioni astratte, il fatto rappresentativo essendo più appariscente si è rilevato solo; e in altri, e precisamente nelle passioni, si è rilevato solo il lato emozionale, perché più vivo.

Anche è da applicarsi al fatto delle passioni la legge dello stato positivo o piacevole, e di quello negativo e disgustoso. E colle stesse ragioni e conseguenze del bene e del male, già spiegate.

La intensità grande, che si osserva nella passione, si spiega anche essa coi principi comuni a tutte le sensazioni. Si spiega cioè colla estensione e col consumo di forza eccezionalmente maggiore della parte dell'organismo che vi è impegnata.

E, ancora, appunto per tale estensione, onde vi concorrono molte parti del corpo in una volta, è, la passione in generale, una somma, specificantesi in un modo particolare, di più sensazioni elementari. Dal che nasce che in due passioni diverse si trovino dei componenti identici, e che la passione medesima si presenti sempre in forme variate.

– Ciò posto è facile rilevare l'ufficio della passione nella economia psichico–volontaria dell'animale, e in ordine al problema del quale ci occupiamo.

Tale ufficio è quello di fornire una eccitazione veemente pel funzionamento di una serie psichica, quando ciò occorre pel bisogno dell'animale. E ciò, si per la serie istintiva, che per quella razionale. Tanto è vero che le due sono nel fondo la medesima cosa.

L'istinto degli uccelli di fabbricare il nido, ha bisogno, perché sia operativo, di essere con forza sufficiente ridestato. E ciò avviene in quella stagione nella quale si sviluppa in loro un forte sentimento; che potremmo dire la passione dell'amore. E per effetto di questa.

I felini, che vivono di preda, da affrontarsi e prendersi di viva forza, non potrebbero sopperire a questo bisogno, se non fossero organizzati in modo da potersi sviluppare in essi fortemente il sentimento del coraggio e dell'ira. E così dicasi, in proporzione, di tutti gli altri animali, e di tutti i loro bisogni.

E così anche dell'uomo.

– Come si disse, l'intensità grande della passione dipende dalla estensione e dalla attività forte delle parti dell'organismo che vi sono impegnate.

Nel che si avvera un fatto ammirabilissimo, ma universale, della natura.

Ammirabilissimo, perché, dovendosi produrre due effetti diversi, con due apparati, ciascuno dei quali è insufficiente da sé, l'uno prende momentaneamente a prestito la forza disponibile dell'altro.

Universale, perché si osserva, per esempio, anche nelle funzioni puramente fisiologiche; come nella fase più intensa della digestione, nella quale, a servizio dello stomaco, si rallentano e si abbassano le funzioni degli altri sistemi fisiologici.

Anzi a questo proposito voglio accennare il fatto di quegli animali inferiori nei quali, a date epoche della loro esistenza, tutta la sostanza del corpo viene assorbita da un organo rimasto fino a quel momento in istato embrionale e si trasforma in esso, affinché basti all'effetto richiesto.

Questa analogia, affatto inaudita, di tali metamorfosi degli animali col fatto psichico della passione, parerà strana affatto a chi legge; ma è verissima e serve a spiegarlo.

Il volere è una somma di voleri, nel senso dei coesistenti e dei successivi; una riserva di forza per coordinare in relazione colle idealità superiori le serie psichiche sottostanti. Da ciò il ritmo specifico di una psiche. E le diversità di esso nel senso del positivo e del negativo, e delle attitudini e del carattere. L'educazione.

– La terza delle cause enumerate del ridestarsi diverso e intermittente delle serie, psichiche più o meno fisse è la reazione volontaria della attenzione.

Una terza causa, e quindi una terza ragione di libertà psichica. E la più importante. E caratteristica poi. Specialmente della psiche umana.

I tre ordini di cause eccitatrici già detti corrispondono a tre ampiezze, ovvero generi o regni psichici; e quindi a tre gradazioni di animali.

La gradazione infima. Formazioni psichiche rudimentali. Eccitazione dai sensi esterni.

La gradazione media. Formazioni psichiche più numerose, e specificazioni più elevate. Eccitazioni anche dalle passioni, che agiscono di conserva coi sensi esterni; sovrapponendosi ad essi, e dominandoli.

La gradazione superiore. Massa maggiore e più mobile di formazioni psichiche, e svolgimento più esteso delle specificazioni, fino alle supreme delle idee più astratte, categorizzanti ampiamente e variamente le formazioni inferiori. ccitazione anche dalla attenzione, che agisce di conserva col senso singolo e colla passione, sovrapponendosi a quello e a questa e dominandoli.

E non occorre dire, che il passaggio da una gradazione all'altra non è per salti bruschi, ma per differenze insensibili. Sicché, affermando, che l'attenzione è caratteristica dell'uomo, con ciò non si intende che essa si riscontri la prima volta in lui e non ce ne sia il rudimento negli animali prossimi, ma solo, che l'uomo è capace di averla in una misura senza confronto maggiore.

– E alle dette tre gradazioni corrispondono, come è ben naturale, tre ordini di apparati, dal cui esercizio dipendono le tre sorta di eccitazioni in discorso.

Alla prima, gli apparati dei sensi singoli.

Alla seconda, quelle disposizioni organiche, le quali, secondo le osservazioni precedenti, danno origine alle vaste simultaneità delle tensioni, producenti il furore della passione; e che vanno insieme al collegamento dei centri nervosi speciali in una massa centrale unici; in quella, pogniamo, del midollo spinale, coi centri dei sensi superiori, e col cervelletto.

Alla terza, una disposizione ancora anatomicamente non rilevata del cervello.

E anche, quanto alla attenzione e al sentimento speciale di essa, cioè di una autonomia o volontà, bisogna spogliarsi del pregiudizio comune, onde è ritenuto precedere, e non seguire, la funzione dell'organo relativo. La sensazione segue la funzione dell'organo del senso. Tutti sono in ciò d'accordo. In pari maniera, come ho spiegato già, la passione segue la funzione concertata dei visceri. E così pure il sentimento dì volere dell'attenzione segue là funzione dell'organo centrale rispettivo.

E, dal risultare il volere dalla funzione di una massa o di un apparato organico a sé, apparisce anche, come esso possa essere una riserva di forza per coordinare in relazione colle idealità superiori le serie psichiche sottostanti, a quel modo che la passione lo è per la coordinazione delle infime.

– E così possiamo capire meglio, come in un animale superiore, e nell'uomo in modo particolare, malgrado gli elementi della attività psichica tanti e sì svariati, e malgrado i molti e diversi eccitatori loro, che agiscono con intermittenza e a caso, si salvi tuttavia sempre la forma e il ritmo specifico della psiche in ognuno.

Le poche, e semplici, e fisse serie istintive di un animale della gradazione infima sono regolate dalla eccitazione dei pochi suoi sensi; la quale, infine, è regolata dall'ordine reale delle cose della natura, che fanno impressione con uniformità e costanza d'effetto sopra di essi.

Le serie psichiche, più numerose, più complicate, più variamente componibili fra di loro, degli animali della gradazione di meno sono regolate dalla ricorrenza ordinata e costante di certe poche passioni particolari di ciascuna specie, coordinatrici delle formazioni elementari, e regolate poi anch'esse, per via dei sensi, dalla stabile uniformità della natura, e da poche speciali idealità informi.

Nell'uomo finalmente, che riassume, si può dire, tutta la farragine sterminata delle formazioni psichiche di ogni sorta di animali, aggiungendovene anche di proprie; e tutte le passioni, con altre sue particolari per giunta; e sul quale la natura influisce tanto meno uniformemente quanto più egli è atto a tollerare tutte le possibili condizioni della vita, e se ne costruisce anzi nuove e senza fine artificialmente; le serie psichiche sono regolate dalla eccitazione della volontà, guidata da poche idealità supreme regolatrici.

Onde nell'uomo l'assieme ordinato e ritmico della sua psiche, o, se vogliamo così chiamarlo, la repubblica delle entità psichiche, si può paragonate all'assetto dello Stato. Gli elementi psichici, gli individui o i cittadini. Le coordinazioni della gradazione di mezzo, i corpi amministrativi colleganti in gruppi molti, e di ordini diversi, gli individui. Il volere superiore, il potere centrale, al quale direttamente si fa capo da tutte le parti, e che fa la legge, e ne sorveglia, e ne impone, con una forza propria, la esecuzione.

– Ma qui è da fare una osservazione importantissima, anzi essenziale, per lo scopo della presente trattazione. E la faremo riferendoci all'uomo, pel quale principalmente cade in acconcio.

La psiche, come vedemmo, non nasce fatta, come Minerva dal cervello di Giove, e come, per la sua parte fondamentale, ha creduto e crede la filosofia vecchia. Ma si fa durante la vita, a poco a poco, come l'organismo. Del quale pure la vecchia credenza ha sognato e sogna, che dio lo abbia fatto addirittura una volta, in Adamo, già sviluppato, e grande, e intero.

Facendosi poi la psiche dell'uomo, non può farsi se non umana. Come l'organismo, per quanto imperfetto e mostruoso. Ma si fa con diversità fortissime.

Il che, in astratto, dipende da quella molteplicità degli elementi, dalla quale dicemmo in genere dipendere la libertà psichica. Come le diversità possibili di forme sono maggiori nella quercia, che dura molti anni e diventa un grande albero, con numero e assortimento grandissimo di parti, che non in un vegetale, che viva un giorno, e consiste in una semplice massicella di poche cellule vegetative.

E le dette diversità di formazione della psiche umana sono di due generi. Quella del positivo e del negativo, o del bene e del male, o del vizio e della virtù, e quella della specialità delle attitudini e dei caratteri.

– Nella formazione lenta della psiche si può dare (e in qualche misura sì dà sempre) che le parti costitutive non si sviluppino nelle proporzioni regolari o tipiche; sì che, e alcune preponderino eccessivamente, e altre rimangano troppo deboli, e ne venga un disordine nel complesso. E allora la formazione intera non è perfetta, ma ha in sé una mostruosità. E la mostruosità è precisamente, o nell'eccesso, mettiamo di una passione o di una serie di idee, o nel difetto, mettiamo dell'energia volontaria o delle idee regolatrici.

Che se lo sviluppo è regolare, almeno per alcune parti, allora si ha una formazione, o nel tutto, o per le parti riuscite, lodevole.

I due suddetti poi sono due estremi, l'uno negativo o malo e l'altro positivo o buono, colla stessa ragione newtoniana ricordata parlando del dolore e del piacere: se non che in questo caso si chiamano, il primo, vizio, il secondo, virtù.

L'irregolarità e la regolarità dello sviluppo in discorso possono dipendere dalle disposizioni perfette o imperfette ereditate nascendo.

O dalle abitudini (e abbiamo già visto le abitudini che cosa siano) imposte dalla educazione.

O da quelle contratte in forza delle circostanze dell'ambiente (e dell'ambiente pure, e della sua efficacia impulsiva parlammo sopra più volte).

O da due delle dette cause, o da tutte tre insieme.

Il fatto, che il vizio e la virtù sono visibili nell'uomo senza confronto più che in tutti gli altri animali, dipende dunque, come già notammo, primo, dalla molteplicità senza confronto maggiore degli elementi concorrenti; (e in fatti qualche cosa di simile si avvera già nel fenomeno dell'addomesticamento e dell'addestramento degli animali vicini all'uomo, che è in ragione della maggiore ricchezza di elementi della loro psiche): secondo, dalle cause di eccitazione, verificantisi nella educazione, e nelle circostanze della vita sociale, assai più variate, influenti sulla psiche umana; (e in fatti l'addomesticamento e l'addestramento degli animali è l'effetto di una educazione alla quale artificialmente l'uomo li sottopone).

Dalle cose dette poi si spiega, in conformità coi principi esposti nei capitoli precedenti, avendosene così una conferma sperimentale: Primo. Che, per quanto l'uomo si sformi o si perfezioni nel vizio e nella virtù, la sua psiche rimanga sempre una psiche umana. Mentre o negativamente o positivamente vi si atteggiano le stesse formazioni umane. Se anche cammina male uno zoppo, il suo incesso è però sempre quello di un uomo. E così uno screanzato, se ha un portamento meno bello di quello di un gentiluomo bene educato.

Secondo. Che il vizio e la virtù siano una disposizione, un assetto, una accumulazione e una fissazione di forze, reale e persistente, onde è determinata costantemente, e secondo la legge della causalità, e colla sua ragione matematica, l'azione umana. Disposizione, assetto, accumulazione e fissazione importato dalle efficienze, onde dipendono, sommate insieme; e come un immagazzinamento soggettivo di tutte quante.

Terzo. Che nel vizioso resti una certa possibilità di una azione buona, e nel virtuoso di una cattiva. Sia perché la viziosità e la virtuosità non si estendono mai alla totalità dell'essere psichico, ma si restringono sempre ad un numero più o meno grande degli ordini delle sue funzioni; sia perché le eccitazioni accidentali (accidentali si ma pure effettive) possono modificare in una risultante accidentale l'indirizzo stabilito; come in una macchina la direzione di un movimento coll'applicazione accidentale di una forza sviatrice sufficiente e atta all'effetto.

– Ora delle specialità delle attitudini e dei caratteri.

La specie psichica umana ha anche questo contrassegno rimarchevolissimo: che in un uomo può una delle moltissime sue capacità svilupparsi in un modo sorprendentissimo: la capacità, per esempio, di far servire le dita a suonare il piano; o di intendere il pensiero di un telegrafista lontano udendo la serie dei tocchi della macchina telegrafica; e via dicendo. E che quindi, quanti sono gli uomini, altrettante siano tali abilità formatesi in modo straordinario, e costituenti delle vere diversità tipiche tra uomo e uomo.

Sono di questo genere, non solo le abilità materiali di muovere in un certo modo le membra, ma anche le scientifiche, le morali.

Una scienza è un addestramento analogo a quello delle mani del suonatore di piano.

E così pure una virtù morale. Anch'essa è un addestramento come quello.

– In astratto un uomo solo potrebbe concepirsi sviluppabile in tutte le possibili abilità, industriali, artistiche, scientifiche e morali.

In concreto no. E per una ragione semplicissima. Ognuna di tali abilità, o attitudini, o virtù, esige, per essere portata ad un grado sommo, oltreché una disposizione distinta, che non si trova se non di raro, anche tutta la quantità del tempo, e delle forze, onde può disporre un uomo singolo.

Ma, se tutte non si possono attuare in ognuna, la natura raggiunge l'intero, pure colla economia delle forze disposte, nella universalità degli uomini e colla divisione del lavoro.

– Possibile è questa divisione del lavoro tra gli uomini, perché, formando la loro società un insieme organico reale, intanto che uno si applica esclusivamente ad un esercizio, gli altri suppliscono colle loro specialità a ciò che, per questo, verrebbe a mancargli. Il che nei bruti non è possibile.

E anche perché ognuno trova nell'educazione per parte di chi è già abile la spinta, necessaria all'esercizio medesimo; la qual cosa pure manca al bruto.

E infine perché è fornito l'uomo del volere, senza confronto più espresso, più autonomo e più potente che non nei bruti, onde gli è data facoltà di imprimere all'esercizio suo un indirizzo speciale colla necessaria energia e perseveranza, e malgrado la distrazione che gli viene dalle eccitazioni disturbatrici, dei sensi, delle passioni, delle possibilità diverse.

– Le specialità delle attitudini non si spartiscono a caso e indifferentemente tra uomo e uomo. Ma con una legge, per la quale, aggruppandosi diversamente le specialità stesse, se ne hanno certe totalità costanti, che si avverano persistentemente in masse durevoli di individui.

In masse di ordini concentrici; dalle più grandi alle più piccole. E in ordine di spazio, e in ordine di tempo.

In ordine di spazio. Le razze, i popoli, gli stati, le istituzioni, le famiglie.

In ordine di tempo. Le civiltà varianti cogli anni nella stessa istituzione o famiglia.

– Come si disse, una data attitudine speciale acquisita è il corrispettivo di un dato consumo di tempo e di forza, impiegati secondo un dato indirizzo.

E ciò è vero di ogni sorta di attitudini; e quindi anche delle morali, che chiariremo meglio in uno dei capitoli seguenti, e costituiscono propriamente ciò che si chiama il carattere. Il quale per ciò è l'equivalente di una somma di tempo e di forza.

Anche della volontà dell'uomo si deve ritenere ciò che dicemmo essere vero per ogni cosa della natura: che cioè sia, non un quid semplice, ma una somma di minimi, una massa di atomi di volontà, se mi è lecito dire così. Or più, or meno, il numero dei minimi o degli atomi; ma sempre un numero stragrande: come è stragrande quello degli atomi anche in un minuzzolo sensibile di materia.

La dottrina filosofica tradizionale circa la volontà, e l'idea volgare di essa, portano, che essa sia la facoltà semplice di una sostanza semplice, capace sempre per se stessa di qualunque intensità e potenza d'azione. È questo un errore madornale. E anche qui si avvera ciò che in ogni scienza positiva. La scienza positiva si stabilisce con una scoperta. E la scoperta è una smentita solenne del senso comune. La scoperta, che gira la terra e non il sole, è una smentita del senso comune, e condusse a stabilire la scienza astronomica positiva.

La scoperta, smentitrice del senso comune, che la volontà è una massa di voleri minimi (per raddoppiamento di coesistenti e di successivi, è, in eguale maniera, il fondamento della filosofia positiva della volontà.

Molti libri abbiamo già su questo argomento; e notevole in proposito, massime sotto il punto di vista fisiologico, è quello conosciutissimo di A. Herzen dell'Analisi fisiologica del libero arbitrio umano; al quale per ciò mi rimetto.

Anche qui si accordano e si rischiarano a vicenda le osservazioni anatomico–fisiologiche (quelle che la scienza ha potuto fare finora) colle psichiche, date direttamente dalla coscienza.

Lo studio della quale, condotto col metodo scientifico, fornisce un numero e una varietà immensa di prove del principio positivo in discorso. E mi rincresce, che l'indole della presente trattazione (che ha per iscopo solamente di presentare in abbozzo, per farne vedere l'insieme, le linee generali della scienza positiva della morale) non mi permetta di mettere in rilievo, con una esposizione adatta e abbastanza estesa dei fatti stessi, il lento ingrandirsi della volontà, per sovrapposizione di volere a volere, analogo all'ingrandirsi della pianta, per sovrapposizione di cellula a cellula.

Ognuno però può, volendo, farsi una qualche idea della cosa, ripensando al tempo e agli sforzi che gli costò un proposito, che al presente non gli manchi mai e gli basti ad uno scopo: e che, prima di essersi preparato colla ginnastica necessaria, e gli veniva meno, ed era insufficiente all'effetto. E riflettendo come, ogniqualvolta occorra di prendere una forte risoluzione, convenga suscitare e farvi concorrere una sufficiente quantità di idee impellenti, e quindi di voleri corrispondenti: e la risoluzione stessa ondeggi, come il turbine delle idee a cui corrisponde.

Mi limiterò dunque a notare, come il detto principio positivistico non sia che una applicazione particolare delle cose accennate precedentemente. cioè, delle persistenze fisiologico–psichiche; della fissazione e dell'immagazzinamento loro nell'organismo e nella psiche; e del persistere pure e fissarsi delle corrispondenze verificatesi tra gli apparati impellenti delle rappresentazioni e i motori dei voleri corrispondenti.

Tanto sono effettivi questi sistemi di persistenze impulsivo–motrici, o rappresentativo–volenti, che si trovano poi impressi e palesi incancellabilmente fino alla periferia del corpo; nei tratti del volto, nel moto delle labbra, degli occhi, delle sopracciglia, nella posa del corpo e delle membra, nello stesso accento della parola.

Impossibile che uno voglia in un dato modo, pel quale non abbia formato la volontà, come impossibile che abbia, se non si sono così formati, i tratti caratteristici suddetti, rivelatori di una disposizione interna; invisibile sì, ma reale. Impossibile invece che uno non voglia abitualmente in quel certo modo, per quale si è abituato, come è impossibile che non abbia i caratteri esterni, che si improntarono su di lui nel corso della sua vita.

I voleri poi così accumulati, se non si distinguono l'uno dall'altro, e si prendono come uno solo, non ne viene che non siano molti. Appunto perché non si distinguono l'uno dall'altro, e quindi solo pel genere si conoscono, e per un genere unico, si cade in questo errore della unità assoluta della volontà. A quel modo che si erra quando si dice, il senso interno; mentre i sensi interni sono moltissimi. E quando si dice, la coscienza; mentre ogni atto psichico è essenzialmente fornito di consapevolezza, e quella che diciamo, la coscienza, non è altro che la somma di tali consapevolezze minime. Precisamente come il peso di un sacco di miglio, che si assume come uno solo, ma è niente altro che la somma dei pesi particolari di ogni granello del miglio che riempie il sacco.

La massa e la destrezza muscolare nell'atleta si sviluppano cogli esercizi atletici. E la forza dell'atleta non è che quella, che si è in esso per tal modo sviluppata. L'abilità del cantante è la fissazione lenta e graduale delle rappresentazioni foniche un po' alla volta imparate, e delle adattazioni e dei rinforzamenti un po' alla volta prodottisi degli apparati nervosi e dipendenti relativi ai suoni vocali. E di questa abilità il cantante ne ha tanta quanta se n'è procurata per tale via, e niente di più.

Così la forza del volere. Si acquista coll'esercizio; coll'esercizio simultaneo di pensare e di volere: ed è, in un uomo, in un dato momento, quel tanto che è giunto, per l'esercizio medesimi, ad acquistare; non un millesimo di più.

Le virtù morali, o il carattere, di un uomo sono adunque; un tesoro, che egli si è accumulato col lavoro ben diretto e perseverante di tutta la vita; come il peculio formato co' suoi risparmi.

E così il carattere di un popolo. Come la sua ricchezza è l'eredità dei lavori e dei risparmi di molte generazioni innanzi così il suo carattere è l'eredità delle virtù delle generazioni passate. Onde si vede che, né d'improvviso si fa virtuoso un popolo vizioso, ma vi occorre l'opera degli anni a centinaia; né d'improvviso si, fa vizioso uno che sia virtuoso. La sua decadenza si prolunga si può dire tanto, quanto fu lunga la preparazione della sua floridezza.

– Anche abbiamo detto dipendere l'attitudine speciale, e quindi massimamente la virtù morale ed il carattere, dalla educazione e dalla convivenza sociale.

Ciò discende direttamente dalle cose stabilite sopra, circa l'ambiente sociale, e circa le cause che eccitano e dirigono l'attività psichica.

L'educazione forma, si può dire, un uomo di pianta. Tale è l'uomo adulto, quale fu educato da giovane. Chi ha ricevuto una educazione da gentiluomo si tradirà sempre tale anche nel portamento, nel gesto, nella voce, nel giro del discorso. Chi l'ha ricevuta da villano non si potrà mai correggere tanto, che non trasparisca poi sempre in seguito il tratto grossolano prima appreso. Quanto più poi l'ordine dei pensieri, degli affetti, e il carattere morale.

L'efficacia infallibile della educazione è riconosciuta praticamente dai campioni più decisi del libero arbitrio, massime di certi ordini religiosi. i quali vi si applicarono con tutte le loro forze, e ne ottennero dei risultati maravigliosi, riuscendo a stamparne gli uomini, che passarono per le loro mani, delle impronte morali profondissime ed incancellabili; che tanto più devono far caso, quanto meno in esse hanno secondato le tendenze e le disposizioni della natura. cioè l'educazione ha fatto una prova ammirabile anche a ritroso della natura.

Il fatto stesso, che si ammetta una scienza della educazione, la Pedagogia, è un argomento della verità del nostro asserto.

Meno avvertita è l'influenza dell'ambiente sociale, quantunque questo abbia un potere ancor più grande che l'educazione stessa.

Ne è prova il fatto del carattere speciale dell'uomo secondo il paese a cui appartiene, e secondo il tempo che visse. Il greco del tempo di Maratona, non è quello del tempo della caduta di Costantinopoli. Un tedesco, un inglese, un francese, un italiano, oggi si distinguono tra di loro anche solo se muovono gli occhi. Se c'è presentemente la tendenza ad eguagliarsi tra di essi del pensare e del fare, ciò dipende precisamente dalla ragione dell'ambiente, che tende a comporsi in uno solo più grande, invece di rimanere gli ambienti isolati e diversi tra di loro.

Questa potenza dell'ambiente sociale è, come dicemmo, meno avvertita di quella dell'educazione; ma si è già cominciato a sentirla. Tre scienze nuove ne fanno fede. La Psicologia comparata dei Popoli, della quale tanto profondamente ha sentito ed insegnato anche il nostro Cattaneo. La scienza storica della legislazione, onde il codice di un paese è considerato come da conseguenza naturale dello stato morale effettivo del popolo, che lo abita. E la Sociologia, che parte dal principio, che la società degli uomini sia un tutto naturale, che funziona con leggi fisse, come un altro tutto qualunque, pogniamo il sistema solare.

Un'altra prova, il processo che si osserva nell'opera della legislazione.

Con una legge, che fa, il legislatore si argomenta di produrre una modificazione in meglio nell'assetto della società a cui la impone. E riesce infallibilmente nell'intento, se il suo provvedimento è saggio.

Come il macchinista migliora la macchina introducendovi una modificazione e un organo consonante colle leggi della meccanica.

Il legislatore nel fare la legge fa un esperimento come un fisico. Il fisico intravvede una legge naturale, per l'osservazione. Dietro a ciò fa il suo esperimento. E se la osservazione era giusta, l'esperimento riesce. Se no, no. Così il legislatore. Nel fare la legge non procede a casaccio. Essa gli è suggerita dalla osservazione dei fatti sociali, onde intravvede un bisogno reale dello stato, e le vie colle quali, secondo le leggi naturali della società, il bisogno può essere soddisfatto. Queste vie le intravvede; e colla legge, che divisa e mette in esecuzione, prova, come con un esperimento, se si è apposto. Si è apposto? La legge produce il miglioramento inteso, infallibilmente. Non lo produce, se si è ingannato.

Dal che si vede l'importanza suprema dell'educazione e delle istituzioni sociali pel miglioramento umano, soprattutto relativamente al carattere. E che questo sia vano sperarlo senza un indirizzo di esse giusto e di efficacia proporzionata all'effetto voluto.

– Dopo tutto però, queste nostre riflessioni sulle passioni e sulla volontà, quali cause di eccitazione delle serie psichiche, e massimamente quelle sulla volontà, è assai facile, che abbiano fatto nascere nella mente del lettore una obbiezione.

L'obbiezione cioè, che noi qui siamo in contraddizione col principio e col fondamento della nostra trattazione.

Poiché, avendo stabilito che l'impulsività viene dalla rappresentazione, diamo poi invece alla passione e alla volontà la proprietà di muovere le rappresentazioni.

L'obbiezione pare invincibile, ed è invece solo apparente.

È come se si dicesse, che si contraddice chi afferma, essere dal cibo che proviene la sostanza dell'organismo animale, e poi, nello spiegare in che modo ciò succeda, parla della azione che ha l'organismo sul cibo introdotto in esso, a riceverlo, elaborarlo, distribuirlo.

Anche chi non si fosse al tutto capacitato dell'impulsività dell'idea, assottigliata e pressoché svanita nel mare della coscienza, non mette in dubbio l'impulsività della sensazione attuale prodotta da un oggetto presente, che colpisca fortemente il senso e quindi l'immaginazione. E tuttavia deve riconoscere in pari tempo il fatto, che il volere dell'uomo si può manifestare in una reazione sul senso stesso, sia col rimuovere per propria determinazione un oggetto, che non si voglia che faccia una data impressione sviatrice, sia col far sì che sia presente e agisca una cosa, la quale interessi che ecciti in una data maniera la psiche.

La cosa, per sbrigarmi in breve con un esempio, è qui come nella locomotiva a vapore, dell'analogia della quale ci siamo serviti in principio per delineare il nostro concetto della impulsività della rappresentazione.

Dato il movimento, nel senso voluto, per mezzo delle leve manovrate dal macchinista, allo stantuffo motore dell'asse delle ruote, lo stantuffo, nel mentre che muove l'asse, muove anche un eccentrico; e lo spostamento di questo è causa, che si regoli nel modo voluto il movimento delle ruote stesse. Tanto che si può dire, lo stantuffo, in un senso ricevere l'impulso, e in un altro darlo esso stesso. E simile è il caso della passione e della volontà.

L'impulsività della rappresentazione confermata positivamente dal fatto stesso della vita dell'animale. Obbiezione del fatto del sogno. La dottrina vecchia degli appetiti e del motivo. E della indifferenza del volere.

– Tornando ora al punto dello schema teorico generale della psiche, giova notare, che la psiche del bruto non è osservabile direttamente dagli uomini. Come nemmeno ad uno di essi, quella di un altro. Perché il fatto di una coscienza è direttamente palese solo alla coscienza, nella quale si avvera.

Ma ciò non toglie, che il fatto stesso della psiche interna del bruto, non osservabile in sé direttamente, sia però deducibile indirettamente da' suoi effetti esternamente manifesti. E si possa quindi arrivare per tal modo a conoscerlo con certezza. Anzi fino al punto da averne pure della luce per chiarire e spiegare anche il fatto della coscienza umana; che ci è noto direttamente per propria consapevolezza, quale risultato complessivo, ma non nella sua costituzione intima: che si può giungere a scoprire solamente mediante uno studio indiretto. Allo stesso modo che delle funzioni fisiologiche del nostro corpo conosciamo direttamente in noi stessi le risultanti generali; vivere, digerire, respirare, muoverci: ma non le secrete ragioni di esse: la scoperta delle quali non può venir, che indirettamente dallo studio fatto su altri organismi.

– Del resto il medesimo avviene di tutto ciò che si chiama, la ragione più recondita a ultima di un fatto.

Questa ragione è sempre direttamente inasseguibile.

Come, ad esempio, la polivalenza di un atomo chimico, dalla quale si deducono le reazioni da esso determinate.

È inasseguibile alla osservazione diretta; ma ciò nulla ostante se ne può conoscere con certezza, e in modo relativamente determinato, la esistenza.

E come? Indirettamente. cioè dagli effetti, che ne conseguono.

Così la psiche dei bruti, da quello, che si vede al di fuori, che fanno. L'esistenza di essa psiche; e il suo modo determinato, particolare, distinto, per ciascuna specie di essi.

La donnicciuola più semplice ha una idea della psiche del suo gatto non meno scolpita, e chiara, e vera, di quella che essa ha della psiche della sua comare.

– La quale corrispondenza tra la psiche interna e l'azione esterna, onde è impossibile dubitare, è poi la prova ultima, incrollabile, positiva dei due principj fondamentali della presente trattazione, cioè: Primo. Della impulsività, in ultimo assoluta, della rappresentazione.

Secondo. Della proporzione, in ultimo perfetta, tra la psiche di un animale e il suo bisogno.

– La detta corrispondenza colle dette due conseguenze assolutamente certe, l'uomo, quanto al bruto, la deduce indiretta mente. cioè dalla osservazione delle manifestazioni esterne.

Perché possa trovarla anche relativamente alla specie umana è d'uopo che proceda allo stesso modo. cioè per via indiretta. O della osservazione delle manifestazioni esterne. Procedendo a questo modo, la trova; altrimenti, no. E la trova con una certezza pari.

E ciò per la ragione, che la coscienza individuale è un orizzonte troppo ristretto, nel quale non apparisce l'assieme del mondo che si studia; è un punto di riferimento prospettico, che svisa e confonde la prospettiva immensa, che si vuole presentare.

Proprio come rimane impossibile avvedersi del movimento della Terra non uscendo da essa, e non abbracciando in un solo pensiero tutto quanto il sistema solare. E avvedersi della naturalità del fenomeno delle comete senza estendersi col pensiero al cosmo circondante lo stesso sistema solare.

Per me che, per natura e per abitudine, sono avidissimo della osservazione del fatto psichico, in me e fuori di me (come l'enologo del vino, dell'uva, della vite, nel suo fondo, e in quelli degli altri, anche esteri, e anche nella storia loro), una delle cose che più mi impressionarono è stata questa, che leggendo, per esempio, l'Economico di Senofonte, o le Nubi di Aristofane, o le Favole di Esopo vi trovassi nei Greci antichi (che ci si presentano con una aureola onde si crederebbero esseri di un altro mondo e di un'altra natura), degli uomini che avevano le stesse preoccupazioni, passioncelle, scaltrezze, futilità, piccolezze, che abbiamo noi. E lo stesso leggendo dei monumenti letterari indiani o chinesi; e dei racconti di viaggi fra le popolazioni più lontane e più strane del globo. L'impressione particolare provata per questo riscontro della stessa mia natura in tutti gli uomini del passato e del presente, me la figuro analoga a quella che dovettero aver provato i primi che assaggiarono spettroscopicamente la luce delle stelle più lontane; e che, nel farlo, dovettero dire, come io dei greci antichi e degli abitanti della Nuova Zelanda: Ma guarda un po', che anche queste stelle sono della roba, come la vile candela che tengo sul mio tavolo! Con questo studio esterno ed indiretto, al quale ho già accennato sopra parlando della statistica morale, e che si deve estendere agli uomini di tutto il corso storico dei tempi, e agli attuali di tutti i paesi, (e deve rilevare, nel primo senso, le variazioni dipendenti dalle diversità delle condizioni sociali) si arriva a comporre lo schema più vero della psiche dell'uomo e a stabilire la impulsività; la quale dirige la sua azione con quella stessa costanza e necessità, onde dalla gravitazione è diretto il movimento proprio del sistema solare. E a spiegare, per la necessità medesima, non solo la uniformità del tenore generale, ma anche le variazioni accidentali infinite, nelle quali si effettua la stessa generale uniformità.

– Ma alla dottrina della impulsività della rappresentazione, che mostrammo aver la sua conferma la più invincibile nel fatto stesso della esistenza e della vita, specificamente distinta, dell'animale, si fa una obbiezione.

Che, cioè, i pensieri e nell'ordine detto sopra tanto delle cose quanto dei fatti, si risvegliano pure nel sogno; e tuttavia non producono allora alcun effetto di lavoro volontario; ossia non sono impulsive.

L'obbiezione del sogno, anziché essere invincibile, serve invece a confermare il nostro principio; sì che ne fornisce un'altra prova.

Tre sono i principali caratteri del sogno, non parlando della intensità relativa della rappresentazione da esso fornita.

Il primo è questo. Le associazioni psichiche vi si ridestano in una sfera determinata del mondo mentale, a motivo dell'attività circoscritta degli apparati cerebrali, che solo in parte lavorano, e in parte invece sono in tale stato di riposo, da non prestarsi al facile e immancabile concorso, che si effettua nella veglia.

Il secondo è questo. Le associazioni vi si seguono dietro una eccitazione, che, o non proviene dai sensi esterni, o ne proviene imperfettamente, e non da tutti i sensi insieme. Nella veglia funzionano i sensi; e perfettamente; e tutti insieme. Le associazioni quindi sono da essi ridestate. I sensi poi essendo eccitati dalle effettività del di fuori, questa circostanza è causa, che le associazioni nascenti per opera loro nella mente siano vere. Questa circostanza: e niente altro. Questa circostanza, che basta a far sì, che le associazioni stesse si muovano d'accordo col mondo esterno. Perché, quanto all'associazione in sé stessa, quella della veglia è pur quella del sogno; e nella veglia si sogna, come quando si dorme; anzi, se nella veglia alla sensazione segue la conoscenza, gli è che vi si può ad una percezione intessere un sogno. La percezione, il riferimento non errato; il sogno, la associazione mentale, onde il fatto percepito si coordina col resto delle nostre idee; cioè si intende. Ma non è dei due suddetti caratteri, che qui dobbiamo parlare.

Il carattere del sogno, che qui occorre di ricordare, è il terzo; che cioè l'apparato centrifugo, o motore, o volontario, vi è paralizzato.

Il che spiega il fenomeno comunissimo del sentirsi nel sogno impotenti a muovere le membra, e a fuggire correndo da uno che ci insegua, e del credere di potersi sottrarre ad un pericolo volando via; e in genere della mancanza di coraggio, anzi dello stesso sentimento vivo di volere. Tutto ciò proviene appunto dall'atonia del sistema onde provengono gli atti suddetti, e conseguentemente i sentimenti di essi.

E si spiega con ciò anche quell'altro fatto, che, se la rappresentazione del sogno, in una condizione non anormale e patologica dell'individuo, si fa tanto viva da bastare ad un movimento, per esempio a quello di un braccio, l'individuo con ciò si ridesta tutto.

E questo cosa prova? Prova, che delle rappresentazioni succede lo stesso che di tutte le cose, che sono naturalmente impulsive. Che cioè l'effetto sia più o meno, o positivo o negativo, secondo le circostanze nelle quali sono applicate per la produzione del movimento. Il quale non dovrà verificarsi quando, o vi sia difetto dell'impellente per mancanza della sufficiente intensità, o non vi sia attitudine a ricevere l'impulso in ciò che deve essere mosso.

– E questo principio, che l'impulsività della rappresentazione è una entità da trattarsi colle norme comuni delle matematiche e quell'altro, che già spiegammo e gli si connette, che la libertà nella psiche è in ragione della molteplicità dei sistemi impulsivo–motori di essa, è poi confermato anche dalle anormalità psichiche, del sonnambulismo, delle svariatissime forme di alienazione mentale, e delle alterazioni momentanee, per cause fisiche o morali, degli organi cerebrali.

In tutte queste anormalità si verifica che, o l'attività impulsivomotrice è circoscritta a un ordine ristretto, essendo pel resto in istato di atonia; ovvero la intensità troppo e anormalmente grande di un ordine paralizza e sopprime, più o meno, l'azione e la concorrenza di tutti gli altri, e si sottrae per la violenza dell'impeto all'azione dell'apparato volontario moderatore.

– L'impulsività dell'idea è poi tanto irrepugnabilmente vera, che è implicitamente ammessa anche dalla filosofia tradizionale; e proprio da quella che è detta, la sana filosofia. La quale vorrebbe pure essere l'avversario più assoluto di questo principio, secondo essa del tutto perverso.

Dico, che l'ammette implicitamente, perché in tale sottinteso troviamo appunto il bandolo per ispiegarci le contraddizioni di quella sua dottrina della volontà, tutta quanta puerilmente falsa.

E, a dimostrarlo, la piglieremo per tre versi, cioè delle sue dottrine, degli appetiti, del motivo, dell'indifferenza.

– Dottrina degli appetiti.

Dicono. Nella rappresentazione sensibile ed intellettuale (poiché fanno questa distinzione, come abbiamo già detto sopra) il senso e l'intelletto sono affatto passivi. Se tra queste rappresentazioni e la volontà non ci fosse niente altro di mezzo, la volontà non agirebbe. Affinché la volontà possa agire è necessario, che il senso e l'intelletto, oltreché passivi nella rappresentazione, siano anche attivi. Ma attivi per mezzo di qualche altra cosa, poiché la rappresentazione non lo può essere: attivi quindi per mezzo di ciò che chiamano l'appetito. L'appetito sensitivo (o concupiscenza) del senso, e l'appetito razionale dell'intelligenza.

Alla buon'ora. Riconoscete dunque la necessità e l'esistenza di una impulsività al di fuori della volontà. E ciò è l'essenziale. Che questa impulsività poi la si immedesimi colla rappresentazione o la si distingua da essa è un'altra questione. E vedemmo come già si sciolga anche tale questione. E come la scienza positiva sostituisca alla trinità delle facoltà misteriose e antiscientifiche del rappresentare, dell'appetire e del volere, la dualità dei fatti, della rappresentazione impulsiva, e del volere determinato da esso in corrispondenza delle due funzioni fisiologiche degli apparati centripeto– centrifughi, o sensitivo–motori.

Puerile, come dicemmo, è questa dottrina delle tre facoltà concepite come tre persone, che siano la stessa anima concepite così. E, in effetti, la dottrina, cosiddetta filosofica del dogma cattolico del dio uno e trino, è precisamente una proiezione in dio di questo concetto del volere umano.

Puerile ancora, perché se le tre facoltà (rappresentazione appetito e volontà) sono cose diverse l'una dall'altra, ci vuole poi anche qualcheduno fuori di esse, che le metta in azione all'evenienza, come nel sistema delle cause occasionali, dio determina l'azione del, corpo essendo attiva l'anima, e quella dell'anima essendo attivo il corpo. Ovvero è d'uopo che, per non concedere la impulsività alla conoscenza, si commetta la ridicolaggine di concedere la conoscenza alla impulsività.

Ed è poi contradditoria. La rappresentazione, dicono, non è impulsiva; ma poi ha un mezzo per esserlo; quello dell'appetito rispettivo, che immancabilmente la accompagna. La volontà, dicono ancora, non è mossa, e il suo muoversi l'ha tutto da se stessa; ma poi è impossibile che si muova, se non c'è, a fare che sia mossa, un appetito, che è, di sua natura, motore della volontà

– Dottrina del motivo.

Dicono. La cognizione dà un vero. Un vero è un bene. Un bene muove la volontà. La cognizione del vero infinito, cioè di dio, dà un bene infinito, e il bene infinito muove la volontà necessariamente.

Dunque, nel caso della cognizione dell'infinito, la cognizione è impulsiva, e lo è necessariamente. cioè, la nostra dottrina è riconosciuta vera, almeno pel caso in discorso.

E qui facciamo una riflessione.

L'essere necessitati a volere lascia sussistere la moralità nell'atto volontario, o la toglie via? Se la lascia sussistere, come può stare più il principio fondamentale della sana filosofia, che la moralità è assurda senza quella, che essa chiama la libertà di indifferenza? E se la toglie via, come può essa affermare nello stesso tempo, che dio, il quale vuole necessariamente il bene, sia la stessa santità, ossia la moralità per eccellenza? E che siano sante, ossia morali in grado sommo, nella loro vita oltremondana, le anime dei giusti? Ma, nella stessa dottrina del motivo, il nostro principio è poi, indirettamente, riconosciuto vero anche per ogni altro caso.

Dicono. Se l'oggetto della cognizione non è il vero assoluto, ma un vero, e quindi un bene, finito, la volontà ha la possibilità di non volerlo. In modo che, rispetto ai beni finiti o imperfetti, nel volere c'è la libertà d'indifferenza.

Qui lasciamo da parte la confusione tra la possibilità assoluta o metafisica del contrario, e la negazione della determinazione naturale necessaria del fatto determinato. Come le due cose sieno affatto diverse, e possano stare insieme il Caso e l'Ordine naturale necessario dei fenomeni, l'ho dimostrato nella mia "Formazione naturale" già più volte ricordata. Ed è puerile fare la detta confusione per l'uomo solo, e non mica insieme per tutti gli altri animali, anzi per tutte le cose, anche non animate, cioè per gli stessi fatti fisici, mentre il fatto di tutti è identico perfettamente.

Facciamo invece un'altra argomentazione.

I nostri oppositori affermano, che non si dà atto di volere senza atto di cognizione. E devono affermarlo, perché richiesto dalla loro stessa definizione della volontà. Supponiamo dunque che si abbia la cognizione di un bene imperfetto. E che il volere deliberi (come importa la ipotesi dell'indifferenza) di non volerlo. Pel detto principio essa, in questa deliberazione di non volere, anch'essa, dovrà essere preceduta da una cognizione. Ora questa cognizione precedente, o determina a deliberare, o no. Se si dice che determina, è concessa la impulsività in questione; se si dice che non determina, si rinnova il caso primo, ossia di una deliberazione di non deliberare. E bisogna allora ricorrere ad un'altra cognizione, che preceda la precedente. E ciò all'infinito. cioè si termina con lo stabilire, che l'atto della volontà esiste senza l'atto della cognizione; che è a negazione dello stesso principio del ragionamento, ossia un assurdo.

Dunque, anche pei casi della cognizione del finito, o ammettere l'impulsività, o ammettere la contraddizione, ossia l'assurdo. Non dissimulo però, che i nostri filosofi non si avvedono del loro paralogismo per una confusione, che fanno in un punto del ragionamento. Ed è sempre il mistero della confusione il generatore delle fallacie del ragionamento.

Essi cioè confondono il semplice non deliberare col deliberare di non deliberare, da noi contemplato nell'argomentazione esposta. Le due cose sono affatto diverse. E la prima non può entrare nella argomentazione, perché, non essendo un atto del volere da esso dipendente, non può essere assunto a stabilire una sua proprietà, e non ci resta poi più nessuna altra ragione per negare, che il semplice non deliberare dipenda unicamente dall'essere, non l'impulsività che manchi alla cognizione, ma il grado sufficiente ad una data quantità di movimento.
– Dottrina dell'indifferenza.

La dottrina della libertà di indifferenza, come è concepita volgarmente, e come è presentata nei tratti superficialissimi di etica che corrono per le mani di tutti, pare la cosa più liscia del mondo. E si fanno per ciò le meraviglie, che ci possa essere chi non accetti a chiusi occhi questa idea, che al senso comune sembra tanto vera e tanto evidente.

Ma che non sia poi tanto liscia apparisce subito a chi studia gli scritti dei grandi ingegni, che inceppati dal pregiudizio dì questo assurdo hanno dimostrato la forza della loro mente nel divincolarsi per cavarsene, e per trovar modo di metterlo d'accordo colla logica dei fatti.

Dicono. L'uomo ha la libertà. E questa è la libertà di indifferenza.

Ma poi, un primo taglio a questa libertà. cioè, come abbiamo detto, solo relativamente ai beni imperfetti.

E non basta. Un altro taglio ancora. Anche relativamente ai beni imperfetti, libertà di indifferenza non vuol dire, libertà in equilibrio fra due beni dati, o fra il sì e il no in riguardo a uno solo. Indifferenza sì, ma equilibrio no.

Ossia una indifferenza, che non è una indifferenza.

Cioè, la volontà per sé è impotente a determinare, poiché alla sua determinazione occorre l'impulso dell'appetito. E questo è, sempre doppio: cioè, il sensuale o la concupiscenza, e l'intellettuale; che sono poi tra loro opposti; e il sensuale è di gran lunga più forte dell'altro, e vincente quindi nella deliberazione da esso imposta al volere. Non restando all'intellettuale altro ufficio, che di accusatore del volere, che doveva seguir lui e ha soccombuto alla prevalenza dell'altro.

Sicché questa volontà libera, che si dava prima, come una regina onnipotente, si finisce poi a presentarla, come una schiava in ceppi. E la si mette fra l'incudine e il martello. Tra la concupiscenza, che la trascina irresistibilmente, e l'intellettualità, che la condanna senza sua colpa.

Poiché dunque questi filosofi riconoscono il bisogno di qualche cosa di impulsivo per la volontà, e lo ammettono nell'appetito, e con una forza determinata, e la fanno agire in ragione di questa forza, certissimamente (riportandosi per questo al fatto dell'azione umana, presa cumulativamente, rispondente con costanza alla costanza di una ragione o di una legge), vengono così ad ammettere loro malgrado il nostro principio, e a contraddire al proprio.

Il liberismo religioso (se mi perdona la parola) confessò a sua contraddizione ricorrendo alla teoria della grazia: massime nella sua forma più profonda e conseguente del giansenismo. Il liberismo non religioso, ricorrendo alla teoria (vera solo nel nostro ordine di idee) della forza irresistibile, che assolve dalla reità.

Le vecchie prove della libertà d'indifferenza. La libertà nel positivismo. Le gradazioni delle autonomie. L'autonomia specifica umana. L'arbitrio libero: il diritto e il dovere.

– Falsa puerilmente, ed assurda dimostrammo nel suo concetto la dottrina della libertà cosidetta di indifferenza, attribuita al volere dell'uomo da quella che si chiama, la sana filosofia.

Ora esaminiamo le prove di fatto, per le quali essa ne asserisce reale la esistenza. L'attestazione, cioè, della coscienza e l'indeterminatezza infinita delle azioni umane.

– L'attestazione della coscienza.

Dicono. Se uno percepisce due oggetti appetibili, esso ha la coscienza di non essere determinato necessariamente all'uno piuttosto che all'altro; di essergli possibile di scegliere tanto l'uno quanto l'altro; e che quindi la deliberazione della scelta di uno di essi proviene dal volere, che ha potuto farla. Per propria virtù; per una virtù che ha la ragione della sua determinazione proprio nel volere, e non fuori di esso. In modo che l'azione di volere alla coscienza apparisce come un fenomeno, che non è l'effetto di un altro fenomeno, o di una causa estrinseca: apparisce cioè come un effetto senza causa; ossia, come causa di se stesso. E del pari, se si percepisce un oggetto appetibile unico, avendosi la coscienza che si può deliberare, e di volerlo, e di non volerlo.

La prova ha due magagne capitali. Da una parte prova troppo. Da un'altra non prova nulla.

Prova troppo.

Cio è prova la libertà di indifferenza anche pel bruto: al quale i nostri filosofi del senso comune negano assolutamente la detta libertà, che vogliono un privilegio esclusivo dell'uomo. Possono essi asserire con certezza che il bruto, un pollo per esempio o un gatto, non esperimenti nella sua coscienza un fatto simile? No certo, poiché di quello che passa nel pensiero del bruto l'uomo non può aver coscienza. Dunque non sarebbero neanche autorizzati a stabilire pel bruto, con certezza, l'assenza della libertà. Anzi neanche un uomo per l'altro uomo. Che se si dicesse, che dall'uomo all'uomo si può argomentare per analogia, l'analogia (in proporzione) c'è del pari tra l'uomo e il bruto. La perplessità, che sperimento direttamente nella mia coscienza, e dalla quale argomento la mia libertà d'indifferenza, la osservo indirettamente, o dagli effetti esterni, negli altri uomini. E ciò mi autorizza ad ammettere la indifferenza anche in loro. Ma siccome poi la stessa perplessità indirettamente, o dagli effetti esterni, la osservo anche nei bruti, per essere conseguente a me stesso, dovrei ammettere la indifferenza anche in questi.

Non prova nulla.

La coscienza mi presenta solo il fatto della deliberazione della volontà: e non me ne presenta un altro precedente, che ne sia la causa: ossia essa non mi fa sapere che la volontà abbia una dipendenza da qualche cosa, che la determini. Non me lo fa sapere. Ma poi non mi fa proprio sapere che, quella dipendenza, la volontà non la abbia. Ed è ciò che occorrerebbe appunto, affinché la prova avesse valore. Lanciamo con una mano un sasso. Il sasso fa una curva muovendosi nell'aria. E ciò è l'effetto dell'urto ricevuto dalla mano. Supponiamo ora che il sasso sia fornito della coscienza di se stesso solo nel tempo che si muove nell'aria, e non prima. Egli crederà di muoversi da sé, non essendo a sua cognizione il fatto precedente dell'urto ricevuto. Ma si ingannerebbe. Il ragionamento dei nostri filosofi vale, quanto quello di questo sasso. Né più né meno. Ossia non prova nulla ed è una mera illusione.

– L'indeterminatezza infinita delle azioni umane.

Dicono. Se la volontà dell'uomo fosse, non autonoma, ma mossa, secondo le leggi necessarie della natura, da altro, per esempio, alla guisa che una massicella nervosa lo è da un'altra, allora agirebbe precisamente come la ruota di una macchina, che ubbidisce, girando, all'impulso ricevuto dalle altre parti della macchina. E quindi ripeterebbe sempre il medesimo movimento; almeno, nella identità del caso. Ma ciò non avviene, perché gli atti volontari sono sempre immensamente variati; anche nella identità delle circostanze; anzi non si danno mai due atti identici, nemmeno nello stesso individuo. Dunque è, non necessitata, ma libera.

Se questo ragionamento fosse giusto, ne verrebbe, che si dovrebbe dire libero anche un bruto qualunque; perché nelle sue azioni volontarie si osserva il fatto medesimo. Anzi anche una pianta. Una quercia, per esempio. La stessa quercia in due primavere successive non mette lo stesso numero di foglie; e non ne fa poi mai due allo stesso modo, facendone tante: e ciascuna quercia ne fa un numero differente. Perfino bisognerebbe dire libera la materia inorganica. Un pugno di polvere, gettato in alto da una mano quante volte si vuole, cadendo in terra, dà i suoi granellini disposti sempre in modo diverso.

Evidentemente qui le diversità dipendono unicamente dalla molteplicità degli elementi concorrenti, e sono in ragione delle possibilità delle loro combinazioni. Così, un numero solo, una combinazione sola; dieci numeri, moltissime; cento assai più ancora. E quante, la matematica sa dirlo.

E si conferma il nostro principio, che la libertà dell'uomo (cio è questa varietà delle sue azioni) è l'effetto della psichiche o degli istinti, se così vogliono chiamarsi. E che, se è immensamente più che negli altri animali, ciò dipende unicamente dal fatto, che la complessità della sua costituzione psichica, sia per la disposizione intima, sia pei rapporti col di fuori, si presta ad un numero di combinazioni immensamente maggiore.

Ma il bello si è poi, che i filosofi sani assumono qui la parola, indeterminatezza, in un senso equivoco.

L'indeterminatezza nelle azioni umane c'è solo in un senso relativo. Non mica in un senso assoluto. E i nostri filosofi confondono l'uno con l'altro.

Un pugno di granellini di silice gettato in alto molte volte, cadendo, fa una figura sempre diversa. E sotto questo punto di vista ha la indeterminatezza. Ma, se prendo due piccole masse di particelle incoerenti, l'una di silice, l'altra di crusca, e faccio variare, gettando molte volte l'una e l'altra, le loro figure, non otterrò mai che una figura, fra quelle prodotte dalla crusca, non somigli alle altre della stessa crusca, e si avvicini invece ad una di quelle prodotte dalla silice. Non l'otterrò mai. Le figure della crusca, sempre diverse tra loro; ma però sempre figure proprie della crusca. E così quelle della silice. Onde sotto questo punto di vista non hanno la indeterminatezza, e si dice appunto che non sono dotate di libertà, né la crusca né la silice, per la mancanza di questa indeterminatezza; non bastando quell'altra, detto prima, a stabilirla.

Lo stesso dicasi dell'uomo. Le sue azioni hanno una indeterminatezza. E la dicano pure infinita, se credono, che non fa nulla. Ma è una indeterminatezza, come la prima delle due suddette della crusca e della silice; e che non serve punto a stabilire la libertà dell'agire. Quanto poi all'altra indeterminatezza, che è quella che servirebbe, l'uomo non l'ha, precisamente come non l'hanno la crusca e la silice. Sopra abbiamo già fatto osservare come l'azione umana, per quanto diversa, conservi però sempre il tipo dell'umanità. E come poi, nel seno di questo ordine tipico umano universale, si disegnino, con costanza naturale immancabile, degli ordini tipici concentrici, per le razze, per le famiglie, per gli individui, e via discorrendo, proprio in analogia con tutte le altre produzioni naturali.

– Ora a noi.

La cosidetta sana filosofia ha detto: La libertà è una condizione per la moralità, sine qua non. Solo l'uomo, fra tutti gli animali, ne è fornito: e quindi esso solo, fra tutti, è un essere capace di moralità. La libertà poi sta in ciò che la volontà sia immune (questa sola cosa al mondo) dalla legge universale della causalità. Tutti i filosofi, (tutti, e specialmente i positivisti) che negano questa immunità, e sostengono, che la legge della causalità si estende anche al volere dell'uomo, rendono con ciò impossibile la moralità, ossia professano una filosofia immorale.

Il positivismo dice invece: La filosofia cosidetta sana non concepisce la libertà del volere se non come la negazione, a suo riguardo, della legge della causalità. E siccome si dimostra in tutti i modi, indirettamente e direttamente, che tale negazione è una illusione, ed una assurdità, così, stando all'insegnamento della detta filosofia sana, la libertà restando eliminata dalla scienza, ne resterebbe eliminata conseguentemente anche la possibilità della morale. Il positivismo, senza negare la causalità nel volere, trova e dimostra nell'uomo la libertà speciale a lui. Al positivismo quindi è possibile di salvare la condizione sine qua non della moralità. È dunque il positivismo che salva la morale; che sarebbe irremissibilmente perduta sotto la tutela infida dei metafisici liberisti.

– Il positivismo, senza negare la causalità nel volere trova e dimostra nell'uomo la libertà. Anzi una, libertà speciale a lui.

Ciò consegue dalle cose dette fin qui.

Ma gioverà, per maggiore evidenza, riassumerle in un discorso ad hoc.

– Ma prima togliamo via gli equivoci.

Al volere impongono la legge della causalità i fatalisti, i casualisti, e i materialisti. E lo fanno in modo da togliere di mezzo la libertà.

Anche al positivismo si fa la stessa accusa. Ma a torto. Il positivismo è una dottrina scientifica, e quindi diversa essenzialmente dalle tre suddette, che sono dottrine metafisiche.

La causa, per la volontà dell'uomo, del positivista, non è, né il destino dei fatalisti, né l'accidentalità dei casualisti, né la pura finzione matematica dell'urto in astratto del corpo, dei materialisti.

La causa, nelle azioni volontarie dell'uomo, del positivista, è invece il fatto concreto, immensamente complesso e specificato, e quale è dato dalla osservazione, della stessa natura della psiche umana.

Le tre prime cause (o le metafisiche) tolgono di mezzo la libertà: quest'ultima all'incontro (cioè la scientifica) la stabilisce.

– La finzione matematica del materialista importa l'eteronomia assoluta. Il fatto reale della natura è sempre una autonomia relativa, in proporzione minore o maggiore. La gradazione delle formazioni o degli esseri naturali è una gradazione di autonomie. L'uomo è, come una formazione e un essere distinto, e il più elevato, così una autonomia distinta, e la maggiore e la più spiccata, e la più elevata di tutte.

– Ho detto, che la finzione matematica del materialista importa l'eteronomia assoluta.

E in effetto la finzione matematica del materialista consiste in ciò, che la forza, concepita sotto la forma del movimento, trasmessa che sia ad un corpo, lo domina assolutamente, in quanto ha potere d'entrarvi, di invaderlo, e di far sì, che passi dallo stato di quiete allo stato di quel movimento stesso, nel quale essa consiste. Rimanendo così il corpo affatto passivo, e la forza affatto attiva.

– Ma il fatto reale della natura non è mai questa assoluta passività della materia e attività della forza, del materialista. È sempre qualche attività della materia, e qualche passività della forza. Ossia, che è lo stesso, non è mai la finzione matematica del materialista, o l'eteronomia assoluta; ed è sempre qualche autonomia.

E in effetto in nessuna cosa si dà che la forza ne sia ricevuta senza che, almeno in parte, ne sia trasformata. Ossia, ogni cosa è fornita di una proprietà, che determina la forma, sotto la quale deve mostrarsi attiva la forza, che cade sopra di essa. E tale proprietà è precisamente la costituzione naturale della cosa stessa. Il corpo fisico, la sostanza chimica, l'essere vivo, e via dicendo. E in virtù della detta trasformazione, che ha dovuto subire entrando nella cosa, la forza diventa l'attività speciale della cosa. Con caratteri, direzione, effetti, affatto diversi dalla esterna invadente. Onde la cosa trova in se stessa la ragione e la possibilità di operare; e lo fa in disparte dal movimento generale dell'ambiente, e anche resistendo ad esso, e modificandolo. Ossia è, sotto questo punto di vista, relativamente una autonomia.

– La gradazione delle formazioni e degli esseri naturali è una gradazione di autonomie.

Per tre ragioni.

Primo. Perché la formazione superiore è una distinzione nello indistinto della inferiore precedente, come ho dimostrato nella "Formazione naturale". cioè vi persistono, quale fondamento dell'essere, o nella costituzione sua, le proprietà dell'inferiore, alle quali se ne aggiunge una nuova caratteristica. Ossia, alla autonomia dell'indistinto, l'autonomia distinguente. Come, per esempio, le proprietà chimiche organiche della pianta, alle chimiche inorganiche delle sostanze de' suoi tessuti.

Secondo. Perché l'autonomia sovrapposta e distinguente domina le stesse autonomie sottoposte dell'indistinto, onde viene la formazione. Come, per esempio, le reazioni chimiche inorganiche nella pianta sono regolate dalla costituzione vegetativa ed organica di essa.

Terzo. Perché la formazione superiore essendo sempre più complessa della inferiore, e la maggiore complessità degli elementi costitutivi prestandosi ad un maggior numero di combinazioni di atti totali risultanti, nella formazione superiore si ha non solo, una forma più specializzata di azione, ma anche una maggiore indeterminatezza di essa. Così avviene, che sia più determinata la capacità di comporsi insieme degli atomi, nei cristalli inorganici, che quella delle sostanze organiche, negli elementi istologici dell'organismo. Più determinata è la direzione nella pianta che nell'animale.

– Dalle quali considerazioni si raccoglie, che l'autonomia, onde parliamo, si presenta sotto due aspetti, cioè di arbitrio e di libertà.

Arbitrio, in quanto è la forma speciale di attività che ha in se stessa la ragione di essere. e domina le sottoposte.

Libertà, in quanto non è la possibilità unica dell'eteronomia, e che è data dalla finzione matematica del materialista, come, per esempio, del movimento di una palla di bigliardo colpita dalla stecca; ma è un numero di possibilità; come, per esempio, dello svolgimento di un seme in condizione di poter germogliare; che può farlo in modi immensamente variati. E si raccoglie anche, essere la libertà, nella autonomia, la ragione della superiorità.

– L'uomo è, siccome una formazione e un essere distinto, e il più elevato, così una autonomia distinta, e la maggiore, e la più spiccata, e la più elevata di tutte.

Per presentare ad un colpo d'occhio solo questo vero, a tutti noto, ed emergente in tanti modi anche dalle cose dette sopra, segniamo sulla linea della natura universale i quattro punti, che seguono: minerale, vegetale, animale bruto, uomo.

Se, il minerale, lo prendiamo astrattamente e secondo la finzione matematica del materialista. ci offre il tipo della eteronomia. ossia la forza impressagli (il movimento) lo trascina con sé senza che esso per propria virtù porti una modificazione nella qualità e nella direzione della forza invadente dal di fuori.

Nel vegetale, pogniamo in un seme, troviamo una proprietà, colla quale la forza entrante dal di fuori deve fare i conti. La vita, una parola sola. Ed ecco l'autonomia. Sul seme influiscono la luce, il calore, l'acqua e in seguito anche l'acido carbonico ed altre sostanze. Ma l'azione dello sviluppo non consiste né in luce, né in calore, né in acqua, né in acido carbonico od in altre sostanze inorganiche. Ma bensì nelle forme vegetative delle radici, del fusto, delle foglie, dei fiori, dei semi: e precisamente secondo il tipo della sua specie: ma non identicamente a nessuno degli altri semi della specie medesima.

Nell'animale bruto, oltre la vita, abbiamo anche la volontà cosciente, ossia la psiche. Ed ecco una autonomia superiore. Una forma nuova di forza, che imprime una direzione nuova, e propria e indipendente, alle forze somministrate dalle attività vegetative dell'organismo.

Nell'uomo finalmente, oltre la vita, e la psiche iniziale del bruto, abbiamo l'idea umana; che le si sovrappone, reggendola e muovendola secondo la propria ragione.

– Questa, delle autonomie delle formazioni naturali, è una legge data dalla osservazione. È quindi positiva e innegabile.

La distinzione della autonomia umana fra tutte le altre della natura, e la sua superiorità, anch'essa è un fatto dato dalla osservazione. È quindi anch'essa positiva e innegabile.

Ed essendo chiaro, che l'autonomia è un arbitrio e una libertà, ne viene che all'uomo compete, in un modo speciale, il libero arbitrio; in quel modo cioè che non implica la negazione della legge universale della causalità, ma è tuttavia una realtà; e una realtà che si può, anzi si deve, chiamare con questo nome, di libero arbitrio.

Dunque hanno torto i metafisici a dire, che il positivismo implica la negazione del libero arbitrio; ovvero esso riduce l'arbitrio; ovvero che esso riduce l'arbitrio dell'uomo al grado dell'arbitrio del bruto.

Dunque hanno invece ragione i positivisti di dire, che, essendo i metafisici impotenti a salvare alla morale il libero arbitrio, la morale è debitrice del salvamento di esso al positivismo.

– L'autonomia dell'uomo è il suo libero arbitrio. Anzi questa espressione, arbitrio libero, rappresenta precisamente il fatto della autonomia umana ed è applicabile alle altre autonomie naturali solo in senso meno proprio, e in quanto queste altre autonomie hanno con essa una qualche analogia.

Pel suo libero arbitrio l'uomo è il dio della natura.

Egli ha un pensiero suo proprio, nel quale si disegnano dei tipi di cose e di operazioni, che non si trovano, tali quali, nella natura. Quei tipi sono la legge tutta sua, che l'uomo impone alle cose.

Impone una legge alle cose in due maniere; negativamente, impedendo che gli nuocano: positivamente, trasformandole nell'essere loro e facendone delle sue creazioni.

Nella prima maniera frena le passioni, ossia la natura inferiore dell'animale, che ha in se. Vince cogli accorgimenti dell'igiene e dell'arte medica i disordini fisiologici del suo organismo. Si difende dalle offese degli animali nocivi, e ne sgombra il luogo della sua abitazione. E questa poi libera anche dalla vegetazione, che non gli serve, dall'ira degli elementi inanimati, come le acque e le sabbie e i venti. E contrasta all'influenza esiziale del caldo, del freddo, dell'arsura, dell'umidità, in modo che può vivere in ogni clima.

Nella seconda maniera, coll'abitudine, riduce la stessa passione brutale alla forma di una forza ordinata e nobile, onde s'abbella il suo animo e si avvalora nell'impeto degli ardimenti retti e generosi. E addestra le membra alle arti e alle industrie. E riduce la belva all'addomesticamento, onde ricava aiuto al lavoro e conforto geniale della sua solitudine. E gli animali e le piante, utili al sostentamento, li produce e li moltiplica a scelta, come gli giova e gli piace. E si crea i vestimenti e le abitazioni a difesa della natura inclemente, e a soddisfare il suo ozio colla dolcezza dei comodi e della bellezza. E anche la terra, su cui gira coll'occhio, e si muove colla persona. E, composti nelle macchine degli esseri di sua fattura, vi costringe le forze cieche della natura a lavorarvi per suo conto, e ad aiutarlo nella locomozione e nella produzione di ciò che gli occorre e gli talenta. E combina infine insieme, come gli detta il gusto e la immaginazione, in forme gentili e vaghe, i sapori, gli odori, i colori, i suoni, offerti dalla natura isolatamente, e in forme rozze e selvaggie. Vedasi, in proposito della virtù creatrice

del pensiero umano, ciò che ne dissi nel mio scritto su Pietro Pomponazzi.

– Pel suo libero arbitrio ha l'uomo tale universale dominio. E questo dominio è diritto.

È diritto, perché determinato da una ragione assoluta. Ossia assolutamente vera e giusta. Determinato cioè dalla idealità umana, che ha questi caratteri come dimostrerò nei seguenti capitoli, nei quali se ne deve trattare direttamente.

– Diritto, che è nello stesso tempo, (esso diritto medesimo) dovere.

Diritto, cioè, nel rapporto esterno, per esprimermi così. E dovere, nel rapporto con se stesso.

Vale a dire. La legge, che si manifesta nella coscienza dell'individuo, ha una efficacia al di fuori di esso, e allora è un diritto. Ed ha una efficacia per l'individuo stesso e allora è un dovere.

Facendo astrazione da questi rapporti, del di fuori e del di dentro, onde il doppio rispetto, di diritto e di dovere, si ha un medesimo unico, ossia la giustizia.

Un diritto o un dovere, che non sia la stessa idealità naturale umana, è quindi una ingiustizia.

E, conseguentemente, un diritto non autorizzato da essa idealità, una ingiustizia inflitta; un dovere da essa non imposto, una ingiustizia sofferta.

– L'autonomia dell'uomo è il titolo del suo dominio, ossia del suo diritto.

E la sua autonomia è nella libertà del suo arbitrio.

Il quale arbitrio è una forza speciale, corrispondente ad una specialità di organismo cerebrale, e in dipendenza da una specialità psichica, ossia dalle idee.

Il dominio dunque ed il diritto saranno in ragione diretta, e dell'arbitrio, e della sua libertà.

Quindi, in nessun essere della natura al di fuori dell'uomo; e nell'uomo, sopra tutti gli esseri della natura fuori di lui: perché l'arbitrio propriamente detto, o umano, esiste solo nell'uomo e non esiste negli altri esseri.

E nell'uomo stesso, sopra la parte sua corrispondente alle costituzioni comuni alle cose inanimate, agli organismi, ai bruti.

E nell'uomo, poi, non sempre. Non nel cretino, non nel bambino, non nel selvaggio, perché l'arbitrio vi esiste solo potenzialmente. E non nel sogno, e nella prostrazione eccessiva delle forze anche nella veglia, o per malattia, o per l'azione di qualche agente fisiologico, perché l'arbitrio vi è ridotto allo stato della impotenza. E non nel delirio e nelle altre forme della alienazione mentale, e nello scoppio violento di una passione, perché l'arbitrio non è libero; vale a dire ne è paralizzata la potenza da una forza maggiore, che quindi domina sola. E non nella mancanza dell'intenzione, perché in tal caso non ha l'occasione di funzionare.

E con diversa misura negli uomini, in cui esiste e funziona liberamente l'arbitrio. Più nell'uomo che nella donna, nella quale l'arbitrio, per la costituzione naturale diversa, ha uno sviluppo inferiore. Più nell'adulto, che nel fanciullo, perché in quello è già più cresciuto che in questo. Più nel civile, che nel barbaro; più nel colto, che nell'incolto: per la stessa ragione. E più in quello che da natura era meglio disposto alla formazione del carattere.

E, in genere, massimo il dominio e il diritto nell'uomo di carattere o nel sapiente, come gli antichi, con tanta ragione, lo chiamavano. Onde l'uomo di carattere è l'essere fornito per eccellenza di quella nobiltà speciale di natura, che è la più divina, e sta sopra a tutte le altre; cioè dell'imperio giusto e pel bene: di quell'imperio onde nelle diverse religioni si costituì la parte più sublime della essenza della divinità. L'esercizio del quale dominio poi, soprattutto sopra se stesso, essendo il conforto maggiore dell'uomo, e quindi per ciò anche il costitutivo essenziale della sua felicità, l'uomo di carattere, ossia il sapiente, o il santo, come pure fu chiamato, è anche l'uomo veramente felice.

E la sua felicità consiste precisamente nella serenità dell'animo prodotta dalla coscienza, chiara e viva della giustizia e della forza incrollabile di volerla.

E anche ciò gli antichi hanno capito lucidissimamente, ed hanno sentito ed espresso nel modo più ammirabile. Anche nell'attribuire alla divinità tale concetto della beatitudine quale conseguenza necessaria della sua buona ed onnipotente sapienza, ossia della sua santità.

– Corrisponde al diritto la responsabilità morale. E questa per ciò, è in ragione di esso diritto, e quindi della libertà dell'arbitrio.

Ma della responsabilità parleremo in seguito. Dove diremo, in che consista, e come corrisponda alla detta libertà dell'arbitrio. E come venga meno nel caso della così detta forza irresistibile. E quale correlativo rimanga, in vece della responsabilità, nella diminuzione o mancanza assoluta, temporanea o costante, in un essere, dell'arbitrio libero umano.

PARTE TERZA
DELLA MORALITÀ

CAPO I

I concetti falsi del diritto. Due apoftegmi evangelici eminentemente veri, liberali, rivoluzionarj.

Siffatto, come lo abbiamo indicato, è il diritto. Ed è quello il diritto naturale.

E il diritto naturale è il solo, che si possa, a ragione, chiamare diritto. Ossia è il diritto assoluto. Assoluto, come la natura onde emerge.

E qualunque altro, fuori di esso, è un pseudo–diritto.

Cio è, è una eteronomia, contrastante la autonomia naturale. Ossia una violenza. Che è quanto dire, una ingiustizia.

– Questo pseudo–diritto è tale, o assolutamente, o solo relativamente.

Assolutamente, nei concetti del diritto dissonanti dal positivistico sopra esposto.

Relativamente, più o meno, nel fatto delle condizioni reali avveratesi nella società.

– I concetti assolutamente falsi del diritto si riducono a due principali.

A quello, che ne pone la ragione in dio. E a quello, che la pone nella forza materiale.

Del secondo sono incolpabili, tanto o quanto, gli insegnamenti anche di molti materialisti. Anzi il concetto in sé, è una conseguenza logica del materialismo metafisico.

Del primo è incolpabile il teismo in genere.

Tutto il teismo; in quanto considera l'arbitrio umano una potenza data a prestito alla persona; e questa, non direttrice di se stessa, ma suddita della legge, che dio fa e le impone. In modo che l'uomo, propriamente, non abbia nessun diritto, ma solo dei doveri: e quelli, che si chiamano diritti di uno, si chiamino così impropriamente; non essendo, in fondo, se non i doveri degli altri verso di esso.

E meno male fin qui. Perché. infine, la legge che il teismo razionalistico pone in dio, è la stessa costituzione psichica della specie umana, progettata là, al di fuori di essa; come da Platone le idee, e dal volgo ignorante il movimento della terra nel sole.

Il peggio si è nel teismo volgare o religioso, e nella dottrina soprannaturalistica della divina provvidenza, che sancisce come diritto il fatto di autorità, e di condizioni privilegiate, che non ha il suo fondamento nella natura dell'uomo, che vuole liberamente secondo i dettami della sua ragione; ma in altro, che non è in sé razionale e quindi giusto, ma violento e ingiusto, come la forza materiale, la ricchezza, la nascita, il caso e via dicendo.

– Ci sono di quelli, e non sono pochi, i quali, senza credere nella divina provvidenza, anzi nemmeno in dio, si accordano però coi suddetti teisti volgari nel riconoscere, o almeno nel patrocinare, la legittimità dell'uti possidetis.

Preme a costoro soprattutto che l'assetto sociale, per quanto riconosciuto imperfetto e biasimevole in molte parti, nella essenzialità si mantenga tale e quale. Per ciò non vedono di buon occhio, che si estenda troppo l'istruzione e la coltura alle classi inferiori, e abborriscono poi decisamente che si tenda a disfarne le credenze religiose. Le credenze religiose, che essi non hanno, che essi deridono; ma che servono, secondo loro, a contenere il volgo abbietto in una miseria rassegnata; e conseguentemente più profittevole a chi ne è fuori.

Confesso, che non conosco al mondo più atroce stoltezza di questa.

Atroce, perché frutto dell'egoismo il più brutale.

Stoltezza, perché implica la falsa idea della impossibilità di un ordine sociale senza le sofferenze le più dure e sconfortate della parte di gran lunga maggiore dell'umana famiglia.

L'ordine sociale presente non è l'ordine sociale assoluto. Si è abolita, senza che la società venisse meno, anzi con un suo assetto assai più lodevole, la schiavitù. La schiavitù che, quando c'era, si aveva l'ipocrisia di dirla un male necessario alla esistenza del consorzio civile. Del pari rimarrà l'ordinamento sociale anche istruito il popolo, migliorata la sua condizione economica e morale, e liberato dal pregiudizio religioso. Rimarrà, e migliorato di molto. Non sarà più, è vero, il popolo allora una massa senza forza, senza volere, senza intelligenza, senza nome; sicché l'ordine attuale, tanto vantato dagli oziosi, che ne godono ora soli l'impero e i beneficj, non potrà più mantenersi: e sarà invece forte, con una volontà sua propria, e con una nobile personalità. Non si avrà più allora l'ordine attuale. Ma non sarà distrutto l'ordine assolutamente; anzi si avrà un ordine di gran lunga migliore, e di gran lunga più desiderabile.

– Praticamente, il concetto assolutamente falso del diritto si esprime in quella costituzione sociale che è fondata non sulla libertà individuale, ma sulla base della autorità.

L'autorità, che comanda senza appello in nome del volere divino, dei teisti. L'autorità, che comanda senza appello in nome del volere del più forte, degli altri.

Nella costituzione sociale fondata sul principio della libertà individuale (s'intende di quella nel senso umano e morale sopra indicato), l'ingiustizia, quando pure ci sia (e tanto o quanto è impossibile che non ci sia), è però sempre, non assoluta, ma relativa.

L'ordinamento effettivo di una società è un fatto storico, ossia una formazione naturale. È il risultato inevitabile della infinità di azioni realmente esercitate da una infinità di arbitrj individuali, disposti in una maniera determinata da infinità di circostanze accidentali. L'ordinamento stesso quindi, come tale, eccede affatto la responsabilità dei singoli individui, che vi partecipano. Ed è la esecuzione spontanea imperfetta di un piano giusto, che non si nega, ma si afferma, e si tende a far valere secondo la possibilità. Sicché il diritto vero vi è sempre salvo, almeno potenzialmente: cioè nel suo fattore naturale, o nel libero arbitrio dell'individuo, del quale è riconosciuta legittima la dittatura sociale assoluta.

– In ciò poi, nel mentre che abbiamo espresso il principio della filosofia positiva, abbiamo anche esposto il concetto nuovo, che va stabilendosi da per tutto nella pratica della vita pubblica dei popoli civili.

È la stessa maturità dei tempi che si manifesta in quelle due forme sostanzialmente identiche, la teoretica e la pratica.

– È oggi ancora in voga una scuola ibrida, che si affanna a voler far credere, che il concetto vero, in discorso, del diritto, è quello stesso dell'insegnamento evangelico primitivo. E che ne derivi mediante la chiesa e la sua religione; tanto che si debba dire, attentare al diritto medesimo chi attenta alla religione e alla chiesa.

Questa scuola dovrebbe essere logica, e, se è persuasa proprio di ciò che insegna, conchiudere anche addirittura, che la morale del positivismo, davanti alla quale si fanno il segno della croce, è niente meno che il corollario più diretto, e più sincero, e più schietto del Vangelo.

La concordanza tra il principio del diritto nuovo e del positivismo da una parte, e quello, dell'insegnamento evangelico dall'altra, c'è realmente. Ma c'è precisamente nel senso, che non è riconosciuto dalla scuola ibrida in discorso. La quale considera il lato religioso settario e teorico dell'insegnamento stesso e storico della chiesa che. lo rappresenta, (opposti ambedue direttamente allo spirito moderno) e vi nega il filosofico adombratovi, che è il solo vero, e quello che unicamente combina collo stesso spirito dei nostri tempi e con quello della filosofia positiva. E, quanto al combinare lo spirito positivo coll'insegnamento cristiano nel senso filosofico adombratovi, mi piace anzi toccarne, per completare il concetto positivo del diritto, riferendomi a due apoftegmi evangelici notevolissimi.

Il primo: "Se dio comanda una cosa e gli uomini un'altra, bisogna ubbidire a dio e disubbidire agli uomini".

Il secondo: "Se una tendenza, nella società umana, è opera di dio, è colpa ed insania contrariarla, perché ciò che dio vuole è giusto e nulla può impedirlo. Se, invece, non è opera di dio, inutile ancora curarsene, perché verrà meno da sé".

Il senso filosofico vero adombrato nel primo dei due detti apoftegmi evangelici, è questo: "Un uomo, ciò che gli detta. la ragione, (il cui diritto è imprescrivibile) non solo può, ma deve farlo valere anche contro chi la contraria in nome di una qualsiasi autorità". Ed è la massima la più radicalmente e giustamente rivoluzionaria che si possa dire.

Il senso filosofico vero, adombrato nel secondo, è quest'altro: "La libertà può avere degli inconvenienti, ma questi si rimediano da sé, e alle velleità sociali ingiuste e innaturali. incontra come alle mostruosità e alle specie imperfette delle piante e degli animali, che soccombono nella lotta per l'esistenza. Ma se una aspirazione sociale è legittima, ingiusta cosa e vana è il volerla contrariare, poiché è la stessa natura onnipotente che la vuole, ed è certo che trionferà". Ed è la massima la più radicalmente liberale che si possa dire.

CAPO II

Come la costituzione della psiche dell'uomo corrisponda al bisogno particolare della specie umana, che è la vita sociale. Questa è un fatto naturale.

– Ed ora, del quarto ed ultimo dei problemi propostici al Capo VII della Parte prima; cioè, come la costituzione della psiche umana corrisponda al bisogno particolare della specie umana.

Ed è qui appunto l'obiettivo principale della presente trattazione.

Per rispondere al quesito propostoci occorre innanzi tutto chiarire, in quale fatto apparisca il bisogno particolare e caratteristico della specie umana.

– Il bisogno particolare e caratteristico della specie dell'uomo è la sua vita sociale.

La vita sociale dell'uomo è un fatto certo. E ciò basta a stabilire, che è un suo bisogno; poiché il bisogno di un essere è precisamente ciò che si avvera di esso nella sua esistenza; e non altro.

– La vita sociale dell'uomo è un fatto certo. Risulta la certezza di questo fatto, tra le altre, dalle osservazioni seguenti: Primo. Gli uomini si trovano, e si trovarono sempre, da per tutto, vivere in società.

Secondo. L'uomo prospera vivendo in società. Più la società in cui vive un uomo, si presta a che l'individuo partecipi della vita comune, e più esso si migliora.

Terzo. Senza l'aiuto della convivenza sociale l'uomo, non solo non potrebbe sviluppare in tutta la sua ampiezza le sue naturali. disposizioni, ma nemmeno in misura piccola; anzi neppure avere una esistenza. Appunto come una formazione naturale qualunque al di fuori del suo ambiente naturale.

Quarto. L'uomo è un animale parlante; ed ogni uomo è in possesso di una lingua, che forma parte dell'essere suo effettivo, come saper camminare e respirare. E il linguaggio è un fatto che si collega con quello della vita sociale, e solo con esso.

Quinto. La natura umana, come abbiamo dimostrato sopra, è di una pieghevolezza e plasmabilità tale, che si presta ad un'infinità di attitudini particolari, e in modo da esserne esclusivamente assorbita. Come, negli animali meno imperfetti, la sostanza del loro organismo, che si presta a convertirsi nelle formazioni distinte dei muscoli e dei nervi. Ora nelle attitudini particolari di un individuo umano si ha una specialità di lavoro, che esige la concorrenza di esso individuo colle attitudini particolari di altri in una complessità di tutti, nella quale si verifichi il mezzo di soddisfare per ognuno a ciò che il singolo da sé non produce, e pure gli occorre. Appunto come nel corpo, nel quale la sostanza si è distinta in muscoli e nervi, il muscolo lavora pel nervo, e il nervo pel muscolo, e per far ciò bisogna che appartengano e l'uno e l'altro ad un tutto medesimo.

Sesto. Le tendenze e le soddisfazioni più costanti, più forti e più nobili dell'uomo sono relative al suo vivere sociale. Il fatto dell'isolamento volontario di un uomo dalla società, che si avvera soprattutto per parte degli individui di forte sentire, non prova contro la tesi; ma la conferma. La conferma, perché l'isolamento (quando non sia cagionato da una anormalità fisica o morale) è l'effetto di una offesa al sentimento vivo della sociabilità, e quindi una protesta per questa offese.

– La convivenza sociale umana è un fatto. Ed è un fatto naturale.

Non è quindi l'effetto di un comando dato da dio all'uomo, come insegnò il teismo religioso.

E nemmeno l'effetto di una convenzione arbitraria come insegnò il materialismo metafisico.

Ed, essendo naturale, si avverano in esso le leggi della Formazione naturale, da me altrove esposte.

Quindi, non tutto e perfetto fin dal principio; e che rimanesse poi immutabilmente lo stesso sempre in appresso e da per tutto.

La socialità nelle epoche storiche antichissime, e più ancora nelle preistoriche, apparisce indistinta, ed embrionale: e farsi viemmaggiormente distinta e sviluppata col procedere dei tempi. E così pure attualmente dalle popolazioni più selvaggie alle più civili. Secondo la legge da noi più volte ricordata, onde il coesistente è la sintesi nell'attualità, dei momenti, distinguentisi nel tempo, del successivo.

Lo schema teorico di tale processo formativo è questo: l'individuo isolato, al principio; la società universale degli uomini, alla fine. Coll'individuo isolato, l'uomo non ancora una persona, nel massimo della rozzezza selvaggia della indigenza e della infelicità, paragonabile a quella del bruto. Colla società universale, l'uomo, colla coscienza più viva della propria individualità, ed autonomia, nel massimo della operosità intelligente e virtuosa, della agiatezza e della felicità, paragonabile a quella di un re.

Con questo schema confrontando lo stato attuale delle società umane più progredite, si riscontra la verità della legge indicata. La socialità, come ogni altra formazione naturale ha sempre progredito diventando. Ma non è diventata ancora totalmente. E non finirà mai nel suo processo di tale diventare.

L'ideale assoluto, della società universale, è un termine che eccede qualunque epoca fissa, anche avvenire. Ma nell'epoca presente è, già nata e cresciuta assai viva e forte la virtualità che porta verso quel termine: cioè la internazionalità.

L'ideale assoluto, della operosità intelligente e virtuosa, dell'agiatezza di tutti, anch'esso è un termine, che eccede qualunque epoca fissa, anche avvenire. Ma nell'epoca presente è già nata e cresciuta assai viva e forte la virtualità che porta verso quel termine: cioè la democrazia, intesa in questo senso, che la ricchezza, la coltura, il potere, nella società, non siano il privilegio della aristocrazia, sia del sangue, sia della ricchezza oziosa, sia della violenza, sia del caso, ma si estendano in ragione del lavoro e del merito.

– La naturalità del fatto sociale oggi tende ad essere riconosciuta universalmente.

Ma in qualche scuola si va nell'eccesso di esagerarla, e quindi di svisarne l'indole vera. In qualche scuola, massime presso i tedeschi, che sono andati fino a creare delle entelechie o anime sociali per ciascuno dei diversi aggruppamenti umani, come i metafisici passati per ciascuno dei diversi individui.

Tali entelechie o anime sociali dell'idealismo moderno, il positivista le rigetta quali entità fittizie e false. Fittizie, perché projezioni nell'essere reale delle formazioni meramente soggettive, come l'idea mentale del tempo, che Platone incarnava nella sfera apparente del cielo. False, perché nel fatto sociale portano la stessa erroneità, che la dottrina della assolutezza della specie pone nel fatto degli organismi. Il principio darwiniano della evoluzione ha disfatto l'assolutezza della specie delle piante e dell'animale; ma esso principio è applicabile del pari alle formazioni sociali; e quindi vi disfà anche il sogno delle entelechie fisse dei popoli e delle nazioni.

– Non si deve però disconoscere un lato caratteristico vero, di questo concetto delle entelechie sociali. Quello cioè della naturalità, non solo della socialità in genere, ma anche dei gruppi sociali storici e della grande forza di persistenza di questi gruppi sociali naturali, che li rende simili alle personalità individuali.

Per ciò tre cose bisogna osservare nel fatto della vita sociale umana in discorso.

Primo. I gruppi sociali naturali, quantunque, assolutamente parlando, siano, come abbiamo già avvertito. trasformabili e caduchi, sono però dotati, di una grande, anzi meravigliosa, forza di persistenza; onde appariscono come delle vere. personalità.

Secondo. Tali personalità sociali sono un prodotto naturale. E corre una differenza essenziale tra i gruppi sociali artificiali violenti (come quelli, per esempio, che sono costruiti dai conquistatori, e dai diplomatici della vecchia scuola, che li fanno al modo del cuoco, che prepara l'intingolo colle membra troncate e morte di animali diversi) e i gruppi naturali. Nelle personalità fittizie e, false dei gruppi artificiali si crea uno pseudo–diritto sociale, che è una violenza e una ingiustizia di fronte al diritto vero, inviolabile ed imprescrivibile delle personalità dei gruppi naturali.

Terzo. I gruppi naturali sono una gerarchia di gruppi, risultante per coordinazione e subordinazione, come le idealità logiche; e la forza, che li collega e li armonizza, è quella specialissima della federazione. cioè, dell'unione dipendente da un consentimento libero. Libero e nello stesso tempo naturale, o consigliato irrecusabilmente dalle circostanze naturali degli individui e dei gruppi di individui, che trovano di associarsi. E non può essere altro senza la violazione di ciò che sopra indicammo essere il diritto naturale inviolabile dell'individuo.

La federazione (consapevole e quindi libera in ragione del progresso sociale) è la forza che collega ed armonizza i gruppi sociali naturali. E due sono le forme della federazione: la coordinante e la subordinante. La coordinante collega ed armonizza insieme i gruppi dello stesso ordine. La subordinante, un certo numero di gruppi inferiori ad uno superiore. Cosi, per esempio, le famiglie, si coordinano, subordinandosi al comune, i comuni nelle provincie, le provincie nelle regioni, le regioni nelle nazioni, le nazioni nelle grandi divisioni etnografiche, le divisioni etnografiche nelle grandi divisioni mondiali, e queste poi in fine nella umanità, che è l'ordine più vasto della federazione sociale, e che deve abbracciarle e armonizzarle tutte quante insieme; che tende ad esser fatta, ma che non è ancora formata, e sarà quindi il compito sublime dell'avvenire.

– Nella federazione si deve considerare, e il rapporto politico, e il rapporto civico. I rapporti interindividuali, e quelli più vasti e superiori dei diversi ordini, o poteri, di una società politicamente distinta, tra di loro, devono essere una federazione, come i politici, o internazionali, che dir si vogliano.

Per ciò il concetto vecchio dello stato, che al di fuori non riconosce nel diritto internazionale un diritto assoluto, e al quale quindi ritiene di poter sottrarsi quando lo voglia, e al di dentro intende che i diritti dei singoli cittadini, e quelli dei diversi ordini e poteri sociali siano una emanazione di un potere centrale, che li dà e li toglie a sua posta, e li tiene avvinti senza appello alla propria discrezione, è un concetto falso e perverso, è una negazione del diritto naturale, è una ingiustizia e una violenza solenne. È insomma la negazione assoluta del generatore legittimo della socialità, la federazione.

E della federazione in tutte e due le sue forme. Della federazione al di fuori o politica, o internazionale, che dir si voglia. E della federazione al di dentro, o civica.

Onde lo stato, nel detto concetto vecchio non è una formazione naturale o legittima, ma una formazione innaturale o illegittima. Non è una formazione naturale, come non è una sostanza chimica, nel vero senso della parola, l'accozzamento puramente meccanico di minuzzoli di corpi per sé incoerenti; mentre la sostanza chimica non si fa se non per la elezione autonoma di ogni atomo o molecola mediante la su forza di affinità. Come la sostanza o la a formazione chimica si fa per tale elezione autonoma degli elementi concorrenti, così lo stato, o la formazione sociale naturale, per la elezione proveniente dall'arbitrio libero degli individui, e dei loro ordini: come nel fatto dei connubj: ossia per la federazione, che non è altra cosa, che questa libera elezione, come abbiamo detto.

– La chiesa romana, le cui origini si devono alla forza di una idealità, che determinò una associazione variamente progressiva per la via naturale (più o meno perfettamente) della federazione, venuta meno un po' alla volta la legittimità di quella idealità onde nacque, rimane ora, massime nella forma determinata del sillabo, come la negazione più spiccata della idealità vera, ossia della scienza, nel suo dogma, così la negazione la più spiccata e la più assoluta del diritto vero sociale, in quanto è la negazione più spiccata ed assoluta del diritto individuale, e della federazione, che ne consegue.

Sicché, come della scienza è compito indeclinabile di distruggerne il dogma, così della civiltà è compito indeclinabile di distruggerne il giure, e quindi l'esistenza, che si immedesima con esso.

CAPO III

L'idealità umana è il distinto e caratteristico e avente una speciale nobiltà, che nella psiche dell'uomo corrisponde al suo bisogno. La pietà. In che consistano le idealità umane e come si formino.

– Ciò che, nella psiche dell'uomo corrisponde al bisogno della specie umana, al bisogno cioè della vita sociale, e ne rende possibile il soddisfacimento sono le idealità umane propriamente dette.

L'uomo è atto a essere un individuo sociale perché è fornito delle idealità proprie della sua psiche; come è atto a respirare, perché è fornito di polmoni.

Il fatto reale della vita sociale implica che l'uomo sia effettivamente fornito delle idealità suddette; come il fatto reale di chi respira implica, che sia effettivamente fornito di polmoni.

– Anche nei bruti, e in modo pure assai sorprendente, come nelle api e nelle formiche, si avvera in qualche maniera il fatto della convivenza e della associazione degli individui.

Il che induce a stabilire, per la psiche loro, delle formazioni psichiche, o degli istinti (se così si vogliono chiamare) relativi al fatto della convivenza e della associazione, e proporzionati ad esso.

E non si può dubitarne. La specie si esprime al di fuori con una forma particolare del corpo, e al di dentro con una forma particolare della psiche. E ciò che fa l'individuo di una specie si accorda sempre con quel duplice aspetto del suo essere. Il fatto della convivenza e della associazione degli individui non si presenta mai in una specie identico a quella di un'altra. E ciò significa, che le specie differiscono e morfologicamente e psichicamente. Perfino le varietà morfologiche si accompagnano con delle varietà nel tipo di convivenza ed associazione; sì che si debba dire che ogni varietà morfologica corrisponda alla varietà del tipo di convivenza ed associazione per una varietà psicologica, e questa sia la ragione della varietà del tipo stesso.

Il medesimo ragionamento deve valere anche per l'uomo. Tanto più che nella specie umana il fenomeno della socialità è di una perfezione senza confronto maggiore che in nessuna altra.

E, dal fatto, che la vita sociale dell'uomo è disforme dalle altre, e superiore ad esse di gran lunga, anzi senza confronto, si deve arguire, che disformi ne siano le idealità corrispondenti, e superiori di gran lunga, anzi senza confronto.

– L'osservazione diretta poi conferma positivamente la verità della induzione astratta.

Nell'analisi positiva della psiche umana si riscontrano effettivamente le idealità in discorso.

Nella psiche umana; e non in quella di nessun'altra specie di animali: proprio come neanche in queste la vita sociale caratteristica dell'uomo.

E le idealità umane riscontrate dall'analisi, si trovano poi essere di tale natura da corrispondere precisamente al fatto della vita sociale medesima. E da corrispondervi colla giusta proporzione della causa col suo effetto.

72

E avverandosi appuntino il principio posto anteriormente nella soluzione del terzo problema, che il mondo pratico, o di effettuazione, di una specie di animali, è in corrispondenza perfetta col mondo psichico della stessa, ossia col suo possibile, ossia colla direzione, prestabilitavi nelle sue formazioni logiche, della sua impulsività volontaria. Come il disegno, che va effettuandosi nel drappo di un telaio jacquard, corrisponde all'ordine dei buchi predisposti nei suoi cartoni.

Tanto, che, a misura che le varietà umane, sia etnografiche sia storiche, si presentano con delle varietà nelle forme del loro vivere sociale, si presentano, in pari tempo, con delle varietà nelle corrispondenti disposizioni ideali.

– Ma in che consistono, e quali sono queste idealità dell'uomo onde esso è atto a vivere socialmente? Per incominciare, su questo argomento di una importanza suprema, da un principio chiaro e preciso, prendo un esempio.

L'esempio della idealità fondamentale della famiglia.

Si può fare, in relazione a questa idealità, un estesissimo e intero corso di storia naturale comparata; come della morfologia, o di qualunque altro aspetto dell'animale, in confronto col tipo superiore dell'uomo.

E ne risulterebbe un parallelismo perfetto. Un parallelismo perfetto; come se, a fronte delle variazioni anatomiche, si ponessero le variazioni fisiologiche parallele.

Le gradazioni, che, partendo da un minimo embrionale (per adoperare questa parola), e venendo al massimo della idealità umana della famiglia, e variando in accidentalità le più disformi, si succedono nella scala degli animali, vi sono espresse, si può dire in infinitesimi di passi progressivi. Ma nelle specie distinte spiccano in modo caratteristico, come le specie medesime. E così nell'uomo alla superiorità della specie si accompagna la superiorità della gradazione della idealità in discorso.

Si comincia a manifestare qualche cosa, che ha analogia colla idealità umana della famiglia, in quegli animali, che scelgono, o costruiscono, l'opportuno ricettacolo delle uova, che poi vi depongono e vi abbandonano a se stesse. Si ha di più in quegli altri, che sorvegliano le uova stesse, anche adoperandosi all'uopo di farle nascere. Più ancora in quelli che hanno da alimentare, difendere e addestrare i nati. E, qui si riscontra nelle diverse specie più o meno vivo e gentile un sentimento: di affetto tra l'animale che procrea e quello che è procreato. E questo sentimento, o è solo della femmina che ha partorito, o anche del maschio che concorse alla generazione, o insieme anche dei nati. E dura un tempo più o meno lungo.

Cessa però sempre, e vien meno del tutto, col fatto che il nato siasi reso adulto. A questo punto l'adulto figlio diventa, pel sentimento in discorso, come un qualunque altro della specie medesima.

In alcune specie di animali però resta sempre qualche cosa di questo rapporto e di questa inclinazione nella conoscenza e simpatia che dura tra tutti gli individui di una colonia, e che non può nascere fra gli individui di una colonia e quelli di un'altra. E qualche cosa di simile ha luogo in alcune specie, nelle quali, la convivenza non è propriamente a colonie, formate colle nascite dal loro grembo, ma solamente a torme, anche avventizie di individui che si incontrano per caso, e stando insieme un po' di tempo finiscono a conoscersi l'un l'altro e quindi ad amicarsi.

E meno ancora, ma tuttavia nello stesso ordine di cose, si ha nel fatto della ostilità naturale tra l'individuo di una specie e quello di un'altra, e della non ostilità tra gl'individui anche isolati di un'altra.

Ma quanto più, senza confronto, in questo ordine dei sentimenti della consanguineità, si rivela nella schiatta umana! Il connubio dei genitori durevole. Perfino tutta la vita. E non fondato solamente sopra le passioni erotiche, ma nobilitato da qualche cosa di più ideale, e che può valere poi, anche da solo, a mantenerlo nella intermittenza e nella cessazione di quelle passioni.

L'amore, tra il padre e la madre; e tra loro e i figli. E dei figli verso i genitori, e tra di essi. E un amore che ha per oggetto meno assai il materiale sensibile, che il morale che si conosce. E un amore, che dura tutta la vita. E dura, il più forte, e il più nobile, e il più confortante di tutti gli altri amori; e sopravvive anche nella memoria di chi è già morto.

Cosa veramente meravigliosa! Una giovinetta bella e piena di vita, che si sente agitarsi fra le braccia un bambino vispo e vezzoso succhiante la vita da quella del proprio seno; questo bambino che si soddisfa, attaccandosi al turgido seno, di cui sente la mollezza, e sorridendo ad un volto dai grandi occhi amorosi, dalle rosee guancie, dalla chioma voluttuosa; qui si capisce come debbano ambedue palpitare di un affetto che non ha l'eguale. Ma la madre già vecchia sente ancora tanto amore pel figlio, già padrone di sé, e divenuto estraneo alla casa paterna, da dare per esso la sua vita senza esitazione. E il figlio, già uomo, e morto l'impeto ingenuo della fantasia della prima giovinezza, davanti alla madre attempata, dalla persona curva e cadente dalla faccia sparuta, dal capo incanutito e mezzo calvo, può contemplarla con un senso di compiacenza, il più divino di qualunque altro.

E l'amore in discorso non si restringe nei limiti del padre, della madre, dei figli. Ma li oltrepassa. E si estende gradatamente ai consanguinei, ai congiunti. A quelli della propria terra, del proprio paese, della nazione, delle razze. A tutta l'umanità.

Vi si estende graduatamente; cioè, l'amore della propria famiglia è per ciascun individuo come un loco di irradiazione di affetto. In esso, un massimo di intensità diminuente all'intorno in ragione che si allarga, ma bastante tuttavia ad arrivare, vivo ancora abbastanza, alla cerchia più lontana ed estesissima della umanità intera, che perciò si dice, e con proprietà, la umana famiglia. Anzi più in là ancora, come diremo sotto.

– Ora, tornando a noi, questa, della famiglia, è una di quelle che intendiamo sotto il nome di idealità; e precisamente di idealità umana.

Che non si riscontra, presa in un senso larghissimo, solo nell'uomo; ma in qualche grado, e più o meno, anche nelle altre specie di animali. E quindi, quale è nell'uomo, è una formazione psichica, non nuova di pianta; ma è solo una elaborazione o specificazione ulteriore e più avanzata, ottenuta dagli stessi elementi, e dalle stesse idealità inferiori, che sono comuni al resto dell'animalità.

Ma, nello stesso tempo, nell'uomo si presenta con caratteri affatto distinti e caratteristici, e di un grado superiore a quello delle idealità analoghe del resto della natura animale.

– Prima di procedere oltre però, è necessario fare sull'esempio addotto alcune riflessioni.

Riflessione prima. In ciascuna specie di animali l'intensità, la estensione, la durata, la qualità dell'idealità della cura della prole è in ragione del bisogno. Non più e non meno.

Riflessione seconda. E ciò si verifica anche nell'uomo. E, tanto in generale, quanto in particolare. Non in tutte le varietà di uomini, e non sempre allo stesso modo in una stessa varietà, si presenta l'idealità della famiglia. Anche questo argomento si presterebbe ad uno studio comparativo di immensa importanza e bellezza; la storia naturale comparata idealità umana della famiglia. Questa idealità diversifica secondo le varietà umane, e diversifica secondo il bisogno loro. Rozza fra le rozze, gentile fra le gentili: portante a illimitato uso di potere nelle società embrionali, ristretta alla mera necessità dell'allevamento, della educazione, e dei riguardi necessari, nelle società più perfette; e così via per altre diversità e gradazioni senza numero. Sicché si può dire, che, se dal bruto all'uomo l'idealità in discorso si umanizza, questa umanizzazione è nell'uomo stesso maggiore o minore. E, dove è minore, vediamo l'effetto, e nella forma ancor fiera del sentimento relativo, e nella sua limitazione, restringendosi o alla nazione, o allo stato, o alla tribù, o ad un semplice branco di uomini. Mentre, dove è maggiore, vediamo l'effetto, e nella gentilezza del sentimento, e nella sua estensione, che abbraccia tutti quanti gli uomini, per quanto diversi e immeritevoli; e travalica anche il confine dell'umanità, e si presta a che l'uomo sia pietoso anche cogli animali inferiori, e perfino cogli esseri inanimati.

Riflessione terza. Questa idealità nell'uomo, essendo fondamentale in ordine a quelle onde esso è un essere sociale, è per ciò anche la più universale, e persistente. Verificandosi anche qui la legge generale della formazione naturale, che la persistenza della forma dell'elemento è in ragione diretta della semplicità e dell'indistinto, e inversa della complicazione e del distinto. E nel vero, l'idealità della famiglia sottostà a tutte le idealità sociali, come l'elemento primo di tutte, e come la condizione generica onde esse sono distinzioni o specificazioni ulteriori.

– E si richiamino, in relazione alla idealità umana della famiglia, le cose spiegate superiormente, sulla natura delle entità psichiche in genere.

Ciò gioverà a formarci un concetto esatto di ciò che vogliamo dire in questo capitolo coll'espressione idealità umana sociale, e per intendere la nobiltà particolare di una idealità in quanto appartenga alla psiche umana.

Primo: a formarci un concetto esatto della idealità sociale umana.

Tale idealità non è il quid semplicissimo dei platonici e della filosofia volgare. Ma un molteplice. Tanto più complicato, quanto più elevata è la psiche umana su tutte le animali. Precisamente come la vita non è un quid semplice, come si credeva una volta, ma un molteplice e tanto più quanto più elevato, nella scala dei viventi, è l'essere in cui si trova.

L'idealità umana della famiglia, per esempio, è una sintesi complessissima. Un vero sistema, nel quale armonizzano insieme un ordine di cose e un ordine di azioni. Un gruppo più o meno grande di individui umani associato a quello del pensante per via di rapporti speciali (i rapporti onde è costituita la famiglia), varj, ma armonizzanti in un modo particolare. Una serie di disposizioni e di abitudini psichiche collegate in una certa sequela col gruppo suddetto, ed operanti diversamente secondo la diversità del caso pratico e del rapporto nel caso stesso dell'individuo agente col gruppo del concetto direttivo.

Secondo: per intendere la nobiltà speciale di una idealità umana.

Nella idealità umana della famiglia concorrono elementi di tutti i gradi della scala psichica, spiegata in principio di questa trattazione. E anche con l'impeto onde si chiamano una passione. Ma il tutto, che vien fuori da tale contemperamento di elementi, per la subordinazione che, dalle formazioni inferiori comuni ai bruti, ha luogo nell'uomo alle formazioni più astratte proprie di lui solo, e logicamente, pel dominio di queste astrazioni, e praticamente, pel dominio dell'arbitrio corrispondente, questo tutto, dico così contemperato, riesce una specificazione particolare caratteristica e più nobile. Quella specificazione che, dal lato affettivo, si chiama il sentimento pio.

Sicché, quando si dice pietà, si indica una qualità o disposizione psichico–affettiva, onde l'uomo si distingue da ogni altro animale; onde pio è sinonimo di umano.

E la pietà si trova in tutte le manifestazioni umane, quale comune genere o indistinto sottostante, come la idealità della famiglia è, secondo le cose dette innanzi, l'indistinto di tutte le altre idealità sociali, cioè di tutte le altre sue idealità pratiche.

– Così abbiamo risposto alla domanda; in che consistono in genere le idealità dell'uomo? All'altra domanda poi: quali siano queste idealità, abbiamo soddisfatto solo in parte, poiché facemmo parola unicamente della idealità della famiglia.

Resta che si soddisfi per tutte le altre.

L'impresa è tutt'altro che facile, malgrado i tanti libri di morale pratica che possediamo, e che infine dovrebbero essere niente altro se non la risposta che cerchiamo.

Questa impresa però non esiteremmo a tentarla, se fosse necessario per lo scopo della nostra trattazione. Ma, non essendolo, qui la tralasciamo.

Per ora, su questo argomento, ci restringeremo a delle considerazioni generali, mediante le quali potremo arrivare alla dimostrazione piena della tesi posta al principio, che il positivismo (e non la metafisica ortodossa, o la così detta sana filosofia) conduce alla morale vera, o della idealità antiegoistica.

– Queste idealità umane, che sono relative alla vita sociale, non si deducono a priori da un principio metafisico apoditticamente noto, da chiamarsi o imperativo o supremo principio morale, in un sistema chiuso di concetti subordinati, fino ad estremi, che siano dei termini non oltrepassabili, come il codice delle regole della morale dei metafisici.

Il far questo ha tanto buon senso quanto fissare uno schema assolutamente primo e apoditticamente vero della vegetabilità possibile universa, e da esso cavare deduttivamente gli schemi di tutte le specie vegetali, fino alle estreme, oltre le quali non ve ne possano essere più altre.

No. Le specie delle piante non si conoscono per deduzioni a priori. Ma a posteriori, per l'osservazione di quelle che esistono nella natura.

E così le idee, che sono formazioni naturali, come tutte le altre.

Lo schema generale della vegetazione si ottiene dal confronto degli schemi particolari noti. E quindi varia secondo le condizioni dell'osservatore confrontante. Sicché non è lo schema generale che sia fisso, ma quello particolare del fatto osservato: e non è dallo schema generale che questo si trae, ma bensì è da questo che esso è tratto.

E così un concetto generale, che riassuma dei concetti speciali: e nel caso nostro l'imperativo o il supremo principio morale.

Gli schemi particolari delle piante non sono degli schemi fissi, come se corrispondessero inalterabilmente a degli archetipi eterni, predeterminati, che aut sint ut sunt, aut non sint. No. Vennero da una mutazione. Mutano ogni momento. Si vanno convertendo in altri schemi. E questo processo non è predefinito in uno schema ultimo, non oltrepassabile; ma è indefinito.

E così le idealità umane. Si formarono per una mutazione incessante. Vanno mutandosi sempre. Il loro mutarsi è senza termine.

– Il novero dunque delle idealità umane spetta, non ad una scienza deduttiva, ma ad una scienza di osservazione. Ad una scienza che si potrebbe chiamare, la storia naturale delle idealità umane o delle leggi morali.

Come scienza puramente descrittiva, o delle forme osservate nel presente, si potrebbe anche chiamare, nomografia positiva.

E siccome alle forme presenti corrispondono delle mutazioni anteriori date dai monumenti o dalle induzioni della storia, così alla monografia, corrisponde un'altra scienza: quella della formazione storica delle idee o leggi morali; ossia la nomogonia positiva.

E siccome l'attività naturale in qualunque ordine di fatti è continuativa, e il pensiero induttivo la converte in legge della formazione successiva (legge non assoluta, come la metafisica, ma solo ipotetica, e salva la conferma del fatto avvenire), così dalle due scienze suddette ne è deducibile una terza; ossia la scienza delle trasformazioni nel tempo delle idee o leggi morali; che si potrebbe chiamare la nomologia positiva.

CAPO IV

Storia naturale delle idealità umane; Nomografia, Nomogonia, Nomologia.

– Nomografia.

Deve dare notizia delle idealità umane sociali, o delle leggi morali, (e spiegheremo in seguito meglio l'equivalenza di queste due espressioni) quali sono date dalla osservazione. E di qualunque fatto che le indichi. Non solo cioè delle grandi istituzioni politiche e sociali, e dei codici scritti, e fatti valere nei giudizi dai magistrati (che, infine, rappresentano una parte piccolissima del fatto sociale concreto); ma di qualunque altro, sia pure un romanzo (e talvolta un romanzo è più vero sotto il rispetto in discorso di una legislazione positiva), sia pure il cicaleccio di due donnicciuole.

Il fatto sociale concreto è immensamente complesso. E fa meraviglia a chi lo studia addentro, che un uomo non vi si perda. E non si spiega, il suo potervici orizzontare, che colla forza sorprendente delle abitudini. È, dico, il fatto sociale immensamente complesso; e va fino al modo di tenere le braccia quando si cammina Per la via, e al modo di disporre gli arnesi nella cucina. E la Nomografia deve considerarlo da per tutto; altrimenti non riesce se non ai soliti nostri trattati di morale, i quali del fatto sociale ci presentano tanto quanto i tratti del disegno di una persona, che ci danno l'apparenza esterna, e nulla dell'essenziale della sua vita, cioè della struttura interna.

Per presentare la congerie infinita dei fatti sociali e quindi delle idealità corrispondenti in un ordine scientifico, tre cose soprattutto devono essere fatte. Si deve cioè: Primo. Rilevare gli ordini reali, onde risulta la società di un popolo. Ciascun ordine, e la coordinazione e subordinazione loro. Come se si dicesse, le famiglie, le aderenze loro vicine e lontane, per ragione di sangue e per altre ragioni; le relazioni di semplice convivenza, di ufficio, di parità di condizione, di conoscenza, di affari e via dicendo; le professioni; le abilità distinte; le autorità per elezione, per uso, per legge politica; gli ordini politici dai più ristretti ai più ampj concentricamente attinenti; e via poi, anche fuori dello stato, gli altri stati, l'umanità, la natura.

Secondo. Enumerare le diverse forme caratteristiche del rapporto morale tra uomo e uomo in genere; come a dire, amicizia, onestà, gloria, pudore, modestia, convenienza, gentilezza, protezione, rispetto, popolarità, influenza, veracità, benevolenza, stima, punto d'onore, decoro; e via dicendo per le altre consimili.

Terzo. Notare le variazioni di rapporto dell'individuo riferendolo, e secondo il piano degli ordini sociali, indicate nel primo punto, e secondo il piano delle forme, indicate nel secondo.

Chi faccia tutto questo colle norme vere della scienza positiva arriva a comporre, non un sistema delle idealità umane ossia delle leggi morali unico, universale, perpetuo, ossia un sistema assoluto; ma tanti sistemi, quanti i popoli reali, che si sono studiati come altrettante specie morali reali; in sé poi non immutabili. Precisamente come chi studia la vita reale non arriva a comporre un sistema unico, universale, perpetuo, assoluto della vita; ma molti sistemi; ossia molte specie, e in sé ciascuna non immutabile.

E tali specie morali stabiliscono anche le ragioni della giustizia reale delle diverse società effettive, come le particolarità delle specie organiche le condizioni più opportune del funzionamento della vitalità loro.

E senza pregiudizio del valore assoluto della giustizia. Come neanche le differenze organiche non sono pregiudizievoli al valore assoluto della vita.

Come il fatto della vita, così il fatto della giustizia ha qualchecosa di identico, ovunque si manifesti. Identico sempre nella medesimezza dei fattori onde scaturisce. Identico necessariamente, come è necessaria e assoluta la legge naturale producente.

Le diversità, anziché essere la negazione dell'assolutezza, ne sono invece la conferma. Ne sono la conferma, come le diversità dei prodotti, cambiate le cifre in un'operazione di aritmetica, sono la conferma del valore assoluto dei suoi principi.

Le diversità che nell'ordine morale, si distribuiscono geograficamente, alla somiglianza delle organiche, per la legge dell'ambiente, (e della composizione del suo effetto con quelli delle disposizioni passate accumulate) danno luogo a quel ramo della Nomografia positiva, che si potrebbe chiamare la Geografia nomografica.

Come invece la Nomografia etnografica è la distribuzione delle diversità nomografiche per le varietà delle razze umane.

– Nomogonia.

Tutto, ciò che è, si è formato, per un lavoro naturale, lento e progressivo, e portante da un inizio affatto indistinto ad uno svolgimento sempre più distinto.

Tutto; e quindi anche la psiche umana.

E, nella psiche umana, tutto; e quindi anche le idealità sociali, ossia le idee e le leggi morali.

Di ciò sono per segno le diversità graduate delle specie morali attuali date dalla nomografia, rappresentanti nella gradazione del presente la successione progressiva del passato: come in un altro ordine qualunque; nell'ordine vegetativo, per esempio, nel quale le piante acotiledoni, monocotiledoni, dicotiledoni, coesistenti adesso, sono rappresentative, colla loro graduazione nel presente, della successione progressiva della, vegetazione nel passato.

Tutto attesta il vero di questo asserto. E direttamente e poi lo prova la storia dei fatti umani.

E con ciò è smentita la dottrina morale volgare e comune.

L'uomo del volgo, che vede le piante attuali, crede, che le piante siano sempre state così, e saranno così sempre, anche nell'avvenire più lontano. E la scienza dimostra che si inganna. Il teologo e il metafisico credono, che la idealità morale non sia che quella che ha al presente la parte più incivilita dell'umanità. Che, avendola essa l'abbia avuta sempre così e non possa averla in avvenire se non così. Il teologo, da una rivelazione divina, che l'abbia trasmessa intera dal pensiero divino all'umano, in modo soprannaturale; il metafisico ortodosso, per una intuizione naturale, diretta, dello stesso pensiero divino. E la scienza dimostra che si ingannano.

La scienza cioè della Nomogonia, che studia la formazione naturale storica della idealità umana sociale.

Per i moralisti volgari questa idealità morale assoluta, che nacque intera e tale e quale, è la evangelica.

D'accordo, sulla importanza mondiale e sulla sublimità ammirabilissima dell'insegnamento evangelico, per quanto si possano fare delle riserve su questo o quel punto.

D'accordo sul potervici riferire(fatte le dovute riserve), in parte, anche storicamente, la coscienza morale moderna dei popoli civili.

Ma è falso, di una falsità la più palese, che essa apparisse sempre alla coscienza umana bella e fatta e tutta intera.

La stessa storia evangelica esclude tale credenza. La esclude la storia umana in genere e in particolare quella positiva o critica delle origini del cristianesimo. E la esclude il fatto, che le stesse idealità evangeliche si riscontrano maturate anche fuori del giudaismo, anche presso i greci, per esempio; anzi, che storicamente non si spiega la determinazione precisa e la diffusione storica della dottrina cristiana se non pel concorso naturale delle dette maturazioni estranee al giudaismo.

Ed è falso pur anco, che la coscienza morale moderna dei popoli più civili sia ancora la medesima della evangelica iniziale dei primi tempi del cristianesimo.

Per nessuna verità storica credo si possano addurre tante prove quanto per questa. Ed è ozioso, tanto la cosa è evidente, fermarsi a farlo.

Non ne ricorderemo, che una sola, e ad hominem. Dov'è che adesso colla più, grande risolutezza si insiste nella affermazione, che la idea morale moderna è quella stessa del vangelo? Nella chiesa romana. Ed è precisamente tale affermazione l'argomento fondamentale della prima enciclica dell'ultimo papa. Or bene l'idea morale attuale della chiesa romana, riassunta nel sillabo, è quella appunto che contrasta nel modo il più deciso all'indole della coscienza morale della civiltà, del tempo presente.

Non voglio dire, con questo, che la dottrina del sillabo sia lo svolgimento necessario della dottrina evangelica. Tutt'altro. Voglio dire solo, che nella chiesa romana il pensiero evangelico, per una specie dì degenerazione, si snaturò, svolgendosi nella negazione della natura, della ragione e della libertà; mentre al di fuori di essa, nella cultura laica, si maturò, per uno svolgimento retto, nelle dottrine positive e liberali del secolo presente. Che però, e nell'un senso e nell'altro, il concetto morale di oggi non vi è più quello del tempo primitivo.

– Nomologia.

La cognizione positiva dei fatti nomografici e nomogonici è il fondamento scientifico della teoria della formazione delle idealità sociali umane, ossia della Nomologia, i cui tratti fondamentali sono quelli che emergono dalle considerazioni precedenti e le riassumono.

Le idealità morali non sono un assoluto fuori della natura. Sono dei fatti naturali. E precisamente delle formazioni della psiche umana: collimanti colle formazioni umane esterne, ossia coi fatti sociali. E, come tutti i fatti naturali, sono assolute e necessarie, solo come è assoluto e necessario il processo evolutivo della natura. Ma, in quanto sono un dato fatto di un dato sito in un dato tempo, sono relative al sito e al tempo, e accidentali, come le circostanze di essi.

Una idealità morale di un dato sito e di un dato tempo è un ordine relativo e accidentale, che ha la sua ragione nel passato, di cui è la evoluzione, e si lega coll'avvenire, del quale è una predisposizione per una evoluzione da farsi, ed è quindi un momento fuggevole, che è diventato quello che è, e diventerà quello che non è ancora.

Quindi in ciascuna idealità morale si riscontrano due ordini di tratti caratteristici. Di quelli che sono destinati ad atrofizzarsi sempre più e a scomparire del tutto, come negli organismi gli apparati organici rimasti inutili: e che quindi vi vanno scomparendo. E di quelli che sono destinati a esprimersi sempre più e a predominarvi, come negli organismi gli apparati organici dai quali sono determinate le funzioni della specie nuova, che va formandosi.

La valutazione dei tratti, che vengono meno, e di quelli, che vanno crescendo, guida a una certa previsione della idealità morale avvenire. Fra i tratti che vengono meno, nella idealità presente, il più notevole è quello della religiosità; fra quelli che vanno crescendo, quello del diritto fondato sulla natura. Sicché la forma prevedibile più e più perfetta della moralità avvenire è, dell'ordine sociale sempre più libero dal pregiudizio religioso, e corrispondente ai veri nuovi della scienza positiva.

CAPO V

Cinque proprietà essenziali del diritto dell'uomo dedotte dall'esserne l'arbitrio determinato dalla idealità umana che è una idealità sociale.

– Dicemmo, che la formazione caratteristica della psiche umana è l'idealità sociale.

Sicché tale idealità, nell'uomo, secondo le cose dimostrate superiormente, viene ad essere quella che governa, tutte le formazioni psichiche subordinate, e ne impronta di se stessa le operazioni, in quanto diventano sue collaborazioni.

Il che equivale a dire, che l'atto umano per eccellenza è l'atto determinato dalla idealità sociale: e che tutti gli atti liberi dell'uomo, (tutti quelli cioè che dipendono direttamente o indirettamente dal suo arbitrio caratteristico, vale a dire da quello che è mosso dalla sua idealità caratteristica, che è la sociale) rivestono lo stesso carattere di umani in virtù della loro dipendenza da quella idealità. Come, per esempio, le funzioni, e meccaniche e fisiche e chimiche, delle piante rivestono il carattere di azioni vitali, in quanto, nelle piante stesse, sono subordinate alla sua funzionalità caratteristica, cioè alla vita.

E siccome dire, atto umano, è come dire, atto morale, così nella idealità sociale in discorso è tutta la ragione della moralità.

Dico tutta la ragione. Stante che la idealità umana caratteristica, direttrice ed informatrice di tutti gli atti liberi dell'uomo, è la sociale, come abbiamo detto: ed è la sociale solamente, come dobbiamo dimostrare ora.

– La dottrina, che si oppone alla nostra affermazione, è ancora la tradizionale scolastica, la quale è tanto contraria al positivismo, quanto il concetto del sovrannaturale (e del non naturale) è contrario al concetto del naturale.

Secondo la dottrina scolastica tradizionale l'intento umano non è la società degli uomini, ma l'uomo singolo, non l'uomo effettivo, ossia quello dato dalla storia naturale, ma quella astrazione o chimera metafisica, che si chiama, l'anima; non la realtà della vita di qui, ma il sogno di una esistenza dopo morte in un altro mondo.

E in vero i canoni morali di tale dottrina, che è il contrapposto perfetto della positiva, della mente sana nel corpo sano, e induce in sua vece una specie di demenza o sonnambulismo etico, si possono riassumere nei seguenti, che prendo a caso da un libro, che ne è pieno, cioè dalla "Imitazione di Cristo", uno dei più autorevoli suoi interpreti.

"Considerati come esule e peregrino sopra la terra (L. I, c. 17). A che nascesti se non per spiritualizzarti? (L. I, C. 25). Sollevati al di sopra di ogni creatura, e di te stesso, e fissati nella tua mente, staccata da ogni cosa (L. III, e. 31). Non curarti delle cose che passano, e cerca solo le eterne (L. III, c. I).".

– La nostra affermazione si conforma invece perfettamente cogli inizj meravigliosamente profondi e retti della scienza degli antichi greci.

L'argomento che tocco della indole del concetto della moralità presso i greci antichi, è di una importanza grandissima; e per sé, e pel contrasto col concetto scolastico (rimasto ancora oggi il substrato generale, direi quasi inconsapevole dell'insegnamento etico del mondo civile), e per la scienza positiva. E mi rincresce che qui non posso se non accennarlo appena, ricordando qualche punto fondamentale dell'etica di Aristotile.

"La società per la natura è prima della famiglia e dell'individuo. Fuori della società non può concepirsi se non un essere, che sia o sopraumano o meno che umano. L'uomo è quello che è per la moralità, e questa non è concepibile fuori del vivere sociale. E per questo l'uomo è fatto per la società. (Polit. I, 2).

"Impossibile che la virtù dell'uomo nasca e si conservi in esso al di fuori della società (Et. X, ro). La virtù di un cittadino è tale solamente in quanto esprime i rapporti di esso colla società. (Polit. III, 4).

"Solo nella vita sociale e per mezzo di essa si effettua la felicità dell'uomo. (Polit. I).

"La scienza dell'etica quindi non è che una parte e una applicazione di una scienza, che la contiene e la determina, cioè della scienza politica o civile (G. Mor. I, 1)".

– Cosa ben curiosa! L'ascetismo scolastico è l'opposto del civismo aristotelico. E tuttavia, come materiale scientifico, l'etica scolastica è la semplice riproduzione della aristotelica. Da che dunque l'opposizione? Dal principio anti–scientifico introdottosi nella tradizione della scienza. cioè dal soprannaturale messo nel posto del naturale. Bastò questo, perché si rovesciasse (se posso così esprimermi) la polarità di tutto il materiale suddetto.

Il positivismo, che riafferma nella scienza la natura, si trova quindi in opposizione colla scolastica, e colla filosofia tradizionale derivatane, e in consonanza cogli inizi meravigliosamente profondi e retti della scienza degli antichi greci; ne continua la tradizione, e ne matura i germi fecondi.

– La prima obbiezione, che si presenta alla nostra dottrina, è quella della idealità scientifica e della artistica, che sono caratteristiche dell'uomo quanto la sociale, e sembrano assolute, e parallele a questa: e non, o sue subordinate, o sue integranti.

Sembrano assolute, ma non lo sono. Sono invece subordinate alla idealità sociale, e integranti di essa.

– L'attività scientifica sembra in alcuni uomini esclusiva, e fine a se stessa. Ma ciò non decide niente contro la nostra tesi.

Tale esclusività puramente individuale riguardo all'attività scientifica non è che uno degli infiniti fatti corrispondenti alla legge della divisione del lavoro. È una funzione quella della scienza, che è essenziale alla società degli uomini, ma che è affidata ad una parte di essi: come la funzione del respirare negli animali superiori è affidata ad una parte sola dell'organismo.

E del resto l'individuo stesso, che si dedica esclusivamente al lavoro scientifico, non potrebbe farlo al di fuori della società. Questa supplisce coi lavori diversi degli altri individui ai bisogni, pei quali lo scienziato non lavora. Lo avvia colla educazione nella abitudine scientifica, lo mette a parte della eredità della scienza anteriore, che ha in serbo, e dell'aiuto dello scambio della presente, che vive in essa. E gli fornisce anche nel fatto della propria esistenza la materia del lavoro scientifico, che, direttamente o indirettamente, è la medesima società. E tutti gli eccitamenti, che sono necessari a promuovere e a mantenere l'attività scientifica in un uomo; la soddisfazione di comunicare agli altri i propri pensieri, la disputa, l'emulazione, la gloria, e via dicendo.

Soprattutto poi il ragionamento astratto e il fatto reale dimostrano che la scienza è, non un fine, ma un mezzo.

Il ragionamento; perché la scienza è una formazione della parte rappresentativa della psiche, e la rappresentazione è mezzo al volere (essenzialmente socializzante, come vedemmo), al modo che l'impellente è mezzo ad ottenere l'impulsione in ciò che deve muovere.

Il fatto reale; perché non può darsi, né progresso sociale senza progresso scientifico, né progresso scientifico, senza progresso sociale. Un'idea nuova, per quanto apparisca cosa affatto teorica (p. e. la legge della gravitazione, dell'isocronismo delle oscillazioni del pendolo, della compressibilità dei corpi, della velocità della luce, ecc.), e di materia affatto lontana dalla società (p. e. i vulcani della luna, i mari di Marte, il processo di riproduzione di un animale microscopico), immancabilmente trae seco una immutazione nel vivere sociale degli uomini.

Nessun fatto più vero e più meraviglioso di questo. Nessuna violenza, per quanto grande, può imporre agli uomini delle abitudini, per le quali essi non siano preparati colla coltura della loro mente. Nessuna violenza, per quanto grande, può impedire, che nascano in essi delle abitudini nuove, in corrispondenza con idee nuove, che abbiano acquistato. Le idee agiscono in modo secreto ed inavvertito, ma irresistibilmente. E ciò non deve sorprendere, mentre l'azione dell'uomo procede dalla sua volontà, e questa dalla sua conoscenza.

– Un ragionamento analogo si può fare per l'attività artistica. Ma per questa sono da aggiungersi delle considerazioni speciali. Presa l'arte umana in senso largo, ossia come l'abilità in genere di fare, ne sono effetto, nella società degli uomini, la comodità e l'abbellimento della vita. Ora la comodità è la condizione necessaria allo sviluppo più rapido e più grande dell'intelligenza. Il povero è bisognoso, sia un uomo solo sia un popolo intero, che è costretto ad impiegare tutte le sue forze per mangiare, e a lottare ogni momento colle necessità irritanti e sconfortanti della vita, non ha l'ozio tranquillo indispensabile ai lavori della mente. E l'abbellimento è la condizione necessaria all'uopo che, allo sviluppo delle idee, si accompagni lo sviluppo dei sentimenti pii, ossia umani, come dicemmo sopra. E dimostrammo già consistere il progresso sociale o con un'altra parola la civiltà, nei suddetti due sviluppi, che si seguono l'un l'altro, dell'intelligenza e dei sentimenti pii.

Presa poi l'arte in un senso più ristretto, ossia in relazione al bello, (quale lo indicammo sopra, ed è veramente, malgrado l'universale predominio anche oggi della sua idea ancora affatto platonica, che è tutto dire) ne appariscono due proprietà di una importanza, per la socievolezza umana, veramente capitale, e che ancora non poterono bene essere avvertite.

Cioè; primo, essendo l'arte l'esercizio della rappresentatività esterna, come dicemmo sopra, e risultando la cognizione propriamente detta specialmente da questa esterna rappresentatività, ne viene, che l'arte è quella che prepara l'organo della scienza; e il ragionamento è confermato pienamente dalla osservazione dello sviluppo psichico individuale dell'uomo, e complessivo storico dell'umanità. Secondo, e per la stessa ragione della esteriorità del suo oggetto, l'arte tende a formare nella mente l'abitudine di uscire dal soggetto, e di versarsi al di fuori, di dimenticarsi di sé, di purgare nel cielo lucente, sconfinato e comune della idealità estetica la voluttà laida delle soddisfazioni materiali, che legano l'uomo al basso mondo della propria individualità: tende insomma a disfare l'egoismo e a creare le virtù opposte, onde origina, si mantiene, si sviluppa la formazione sociale, e nel mondo della rappresentazione psichica, e in quello della comunità degli uomini.

– Anche una seconda obbiezione, e più grave ancora, si presenta contro la nostra dottrina.

L'etica tradizionale distingue tre ordini di doveri, e conseguentemente di idealità umane supreme o morali. cioè dei doveri dell'uomo verso dio, verso se stesso, e verso gli altri. Se anche si eliminano i primi per la negazione scientifica della entità a cui si riferiscono, restano però sempre, oltre i terzi, ossia delle idealità sociali, anche i secondi. Sicché ne viene che, oltre le idealità sociali, e parallelamente ad esse, vi siano nella psiche umana delle altre idealità supreme; quelle cioè puramente e semplicemente personali, o dell'io.

Questo argomento è di una importanza grandissima, e va esaminato con tutta la ponderazione possibile.

Nel sistema dell'etica tradizionale l'ordine dei doveri dell'uomo verso se stesso è logicamente dipendente dall'ordine dei doveri verso dio. In modo che, tolto questo, rimane tolto anche quello. E così viene a cadere da sé la obbiezione in discorso, come fu proposta.

E in vero, tolto dio, nell'etica tradizionale, è tolta anche la ragione nomologica del dovere dell'uomo verso se stesso. Quale questo dovere se non quello imposto dalla legge divina? E perché adempirlo, se non per l'eterna ricompensa e punizione per parte di dio, che scruta i cuori e le reni, o anche pel valore assoluto della perfezione individuale, proveniente solo dal valore assoluto della legge divina? E in effetto l'ascetismo, che è l'accentuazione maggiore del principio etico del dovere dell'uomo verso se stesso, è essenzialmente fondato sulla credenza in dio.

– Ma l'obiezione in discorso si può presentare anche in un'altra maniera, e che sfugge alla esposta argomentazione o risposta indiretta.

Si leggono, fra gli altri, negli evangeli i seguenti quattro detti sublimissimi: "Non sappia una mano ciò che fa l'altra. Se fai il bene per essere veduto dagli uomini, hai già ricevuto la tua mercede. Siate perfetti, come è perfetto il padre vostro che è nei cieli.

Il male l'hai già fatto quando ne hai concepito il disegno". In questi detti è fatto cenno della rettitudine e della perfezione della stessa intima e incomunicabile coscienza dell'individuo. Si domanda dunque: questa rettitudine e questa perfezione tutta intera dell'individuo è, o non è, un dovere dell'uomo? Risponda il positivista.

Se dice, che non è, allora apparirà chiaro, che il positivismo distrugge la più sublime delle perfezioni umane, insegnata nella dottrina etica tradizionale; anzi, quella che è la radice di tutte le altre. E conseguentemente, che la dottrina positiva è una dottrina immorale.

Se poi dice, che è, allora è dimostrato, che l'idealità sociale non è la sola e suprema, come noi abbiamo asserito.

– Un esempio ci servirà a chiarire la cosa, e a togliere di mezzo la confusione e le idee false, onde ha qualche apparenza di forza questa argomentazione contro il positivismo.

La fisiologia comparata dimostra, che negli organismi un tessuto tanto si specializza e si perfeziona nel suo genere quanto più l'organismo è complicato e di ordine superiore. Vale a dire, se la maggior perfezione nella vita dell'organismo intero dipende dalla maggior perfezione degli organi singoli onde risulta, nello stesso tempo la maggior perfezione degli organi singoli dipende dalla maggior perfezione della vita dell'organismo intero. In una parola, la perfezione del tutto e quella delle parti procedono di conserva; e quello e queste sono nello stesso tempo causa ed effetto. Anche queste. Ossia la parte, se si può dire che è un fattore della vita totale, si può anche dire che riflette in sé quella stessa vita complessiva, onde è determinata e mantenuta la forma e la qualità dell'essere suo, e che verrebbe meno al certo, mancando quella. Lo stesso è da dirsi dell'individuo. La sua perfezione non è altro che il riflesso della vita sociale. E nessuno può perfezionare se stesso, se non per la efficacia delle medesime idealità sociali.

Per far toccare con mano questo principio, altrettanto vero e certo quanto inaudito, non ci sarebbe che fare l'enumerazione delle qualità individuali buone, e dimostrare che tutte, nessuna esclusa. Sono le stesse idealità sociali nel loro rapporto coll'individuo. Per tutte non possiamo farlo qui, che ci vorrebbe un libro intero; e quindi lo faremo per una sola, che serva d'esempio. Per tutte le altre rimettendoci alle riflessioni dei lettori.

È una delle idealità sociali questa, che la riuscita vantaggiosa è l'effetto degli sforzi secondari dalle circostanze; e che, in quanto procede da uno sforzo giustamente diretto, la riuscita sia dovuta a chi la consegue, e sia quindi da compiacersene, come dell'adempimento di un desiderio di tutti; e, in quanto procede dalle circostanze, sia da compiacersene, come della soddisfazione della benevolenza che l'uno ha per l'altro; e solo sia lecito desiderare, che le stesse circostanze favorevoli accompagnino del pari gli sforzi virtuosi di qualunque altro. Insomma la riuscita vantaggiosa, secondo l'idealità sociale, è seguita da una soddisfazione, da una compiacenza, e da un augurio benevolo.

Contro questa idealità sociale sta la tendenza individuale (che è una formazione inferiore nella scala e generale e umana delle formazioni psichiche) della invidia. Ma come l'uomo può in sé correggere questo sentimento inferiore, e vile della invidia? Lo può solamente mediante l'efficacia della idealità sociale contrapposta, cioè di quella che deve dominarla. Egli è col rinforzamento della idealità sociale stessa che si contiene e si soffoca l'invidia; con un rinforzamento ottenuto in parte colla educazione, in parte coll'esercizio e colla abitudine propria.

Senza questo rinforzamento sarebbe impossibile il soffocamento dell'invidia, e quindi la perfezione propria: senza cioè questo rinforzamento di una idealità sociale.

È dunque in ultima analisi la stessa idealità sociale che produce, non solo il perfezionamento sociale, ma anche l'individuale.

E anche è il titolo onde la qualità perfezionatrice ha ragione di virtù: mentre senza il riferimento sociale rimarrebbe, o una cosa affatto indifferente, o una perfezione senza il carattere morale annessovi dagli uomini.

E quindi questa idealità sociale rimane sola alla cima delle idealità umane, o morali, come si doveva dimostrare.

– Egli è per questa via e non per altra, che l'uomo virtuoso arriva alla perfezione di se stesso. Conoscendo le idealità sociali, e a misura che le conosce, vedendole applicate nel giudicare dei terzi, e applicandole egli stesso, e a misura che ciò succede, un po' alla volta le applica anche a se stesso, e si giudica dietro di esse, e va, quasi a sua insaputa, correggendo in sé ciò che è condannato da quelle idealità.

Ed è per questo, che il sentimento della dignità personale, (specchio all'esterno della perfezione morale interna) è negli uomini in ragione della educazione, e della virtù.

Anzi l'uomo virtuoso (il sapiente, come gli antichi lo chiamavano) va più oltre. Tanto fu efficace anche sopra di lui l'idealità riflettutasi nel suo individuo dalla società, che la sua virtù può durare in mezzo alla rovina morale della società in cui vive. Come la vitalità degli organi della vita del corpo, che ebbero, sia per eredità, sia per esercizio, tale felicità di sviluppo da mantenersi illesi e, robusti ad onta di una malattia, E come questi organi sono poi quelli, onde il corpo materiale attinge la forza per ricostruire la sanità, così quegli individui, i punti vivi, onde si può rifare la vita sociale.

– Quindi l'espressione, "in faccia alla mia coscienza", vuol dire, in faccia alla idealità sociale da me conosciuta, e colla quale giudico, e gli altri e me stesso.

E ciò che si dice qui, mia coscienza, non è tanto la mia, quanto quella che ha potuto in me formarsi per la influenza su di me della esterna socialità.

– La virtù poi del sapiente, secondo le cose dette, è una virtù, che sta da sé. Una virtù che è l'effetto naturale di una abitudine psichica. Una virtù, in cui la disposizione a fare è determinata unicamente dalla idealità direttiva, la quale è quella assoluta (prendendo la parola in un senso subordinato) della socialità, formatasi naturalmente, e che, avendo già da sé la propria impulsività, non ha bisogno. per essere efficace, di nessun movente interessato.

Ossia quel concetto sublime, che ricordammo sopra, delle istorie evangeliche: "Non sappia una mano, ciò che fa l'altra. Non fare il bene per essere veduto dagli uomini." Anzi più sublime ancora. Perché il concetto essenzialmente religioso dell'insegnamento evangelico implica sempre almeno la ricompensa in un'altra vita, per parte di dio, che vede la virtù, anche quando è nascosta agli uomini, ed è infallibile nel premiarla.

Più sublime la positiva, che sta anche senza la ricompensa futura; più sublime, anzi essa sola veramente morale, poiché essa sola senza quel motivo di proprio interesse. Di che poi più a lungo a suo luogo nel Libro secondo.

– Ma una prova diretta e ad hominem del nostro assunto ci è fornita dal fatto che il contenuto della morale universa, anche di quella tradizionale, esaminato in tutta la sua estensione e in tutti i suoi particolari, è costituito unicamente da idealità sociali.

Quel contenuto, in modo volgare, è riassunto, come si sa, tutto quanto nel comando: Ama il tuo prossimo come te stesso. Generalmente in questo comando se ne vogliono trovare due. Il primo: Ama te stesso. Il secondo: Ama il tuo prossimo. Ma non è vero. Il comando è uno solo; quello di amare il prossimo, ossia l'idealità sociale. È assurdo il comando di amare se stesso, che avviene certamente senza che sia comandato. Se l'amor di se stesso è ricordato nel comando di amare il prossimo, ciò significa che nell'uomo c'è già la formazione inferiore, comune a tutti i bruti dell'amore di sé, o che non vien meno fin che non venga meno la sua animalità; che però nell'uomo, alla semplice animalità si deve aggiungere il suo carattere distintivo, ossia l'umanità; e che questo dipende dalla idealità sociale, indicata nell'espressione, amore del prossimo. E che a questo deve intendere il lavoro e lo sforzo speciale e superiore dell'uomo.

Il contenuto medesimo poi, in modo scientifico, è riassunto nel vocabolo, giustizia. Hanno lo stesso significato, giustizia e moralità, giusto e buono. E la giustizia è un assurdo senza il riferimento dell'individuo alla società, ossia all'infuori della idealità sociale.

– Che più? La stessa bontà, o santità, che la filosofia tradizionale pone in dio, come la moralità assoluta, e dichiara, il principio, la ragione, la fonte di ogni moralità, non si trova che abbia in sé, analizzata che sia, se non la idealità sociale.

Tanto è vero che la moralità è tutta qui, che i metafisici, per comporne quella di dio, che concepirono unico e fuori di ogni società, non ne trovarono altra, e furono quindi costretti a mettervi questa sociale. Verace, santo, giusto, misericordioso, provvido, e via discorrendo, sono tutte idealità sociali.

– Cosa ben curiosa! L'uomo, e quindi anche il fenomeno particolare della sua psiche, cioè l'idealità sociale, è un fatto accidentalissimo, transitorio, e infinitamente piccolo, nell'ambito immenso della esistenza universale.

Appartiene alla terra, che è un punto dell'universo. Appartiene ad un'epoca dello svolgimento di questo pianeta, che è un breve momento, verso la serie dei secoli pei quali esso si distende: appartiene cioè al momento dell'esistenza dell'uomo.

La comparsa dell'uomo sulla terra vi ha una importanza analoga a quella del plesiosauro, nato, vissuto, comparso, in una antica età geologica. Come ho dimostrato nella "Formazione naturale".

L'uomo insomma e la sua idealità sono un punto solo di una linea infinita. Sono un momento solo di una durata infinita. E un punto e un momento accidentali: un punto e un momento fra gli infiniti possibili.

Or bene, i metafisici, come vedemmo, hanno preso questo punto e questo momento, e ne fecero la loro divinità; dissero, che quel punto era il tutto infinito; che quel momento era tutta la durata dell'esistenza. Che l'uno e l'altro erano l'unico possibile, il necessario, l'assoluto.

E per tal modo stabilirono, che la moralità loro, fondata in tale divinità, per tal via costruita, era la moralità assoluta. E ne conchiusero, che quindi era la moralità vera e conseguentemente esser false tutte le altre, e soprattutto quella dei positivisti, perché essenzialmente finite, accidentali, relative.

In realtà, come apparisce inevitabilmente dalle cose dette, loro principio morale è un semplice fatto; e quindi è la negazione dell'assoluto.

E di questa qualità, di essere assoluta, la morale dei positivisti, che essi dichiarano essenzialmente relativa, ne ha invece assai più che la loro. Anzi l'assoluto, per quanto ci può essere in nessuna cosa, c'è solo nella morale positiva.

Per la ragione, che i deisti, e compongono le divinità di un mero fatto, e questo fatto lo isolano totalmente da qualunque altro. Mentre il positivista, un fatto particolare qualunque, (e così questo in discorso della idealità sociale) lo riferisce essenzialmente alla serie infinita dell'essere, onde rampolla.

Per cui il fatto pel positivista, e quindi anche la moralità, come egli la spiega, implica la serie infinita delle esistenze; ossia ciò che solo si può dire scientificamente l'assoluto.

– E, insieme all'assoluto, anche gli altri attributi correlativi della universalità, dell'infinità, della trascendenza, onde abbiamo già parlato sopra nel Capo quinto della Parte prima, e che sono applicabili alla formazione complessa della idealità sociale, come ivi dimostrammo esserlo alla rappresentazione psichica elementare.

I quali attributi quindi, per la stessa ragione, competono solo alla morale del positivista, e non a quella del metafisico teista.

– E, ciò che dicemmo dell'assolutezza, va detto anche della razionalità.

Razionale per la stessa ragione è la morale del positivista, e irrazionale quella del metafisico teista; ossia il vizio radicale della teoria, che esso appone al positivista, l'ha invece il metafisico teista in se stesso.

Essendo la divinità del teista il fatto puro, staccato dalla sua ragione infinita, e convertito assurdamente in essa ragione, per ciò è essenzialmente irrazionale.

Per questo il teista ad ogni piè sospinto, discorrendo degli attributi di dio, e massimamente dei morali, come della creazione, della Provvidenza e via dicendo, si incontra in difficoltà insolubili, in ragionamenti senza premesse, in luogo delle quali è costretto a mettere i così detti giudizi imperscrutabili di dio. Giudizj imperscrutabili, vale a dire, che alla ragione umana sembrano, o illogici, o puri tiri del capriccio. Bella questa razionalità. Una razionalità veramente evidentissima; e tale da dare il diritto di sfidare a trovarla, fuori del proprio sistema, tutti gli altri! Quanto diverso il caso del positivista! La sua moralità è tanto razionale, quanto la formazione psichica umana, a cui si riduce.

E la formazione psichica umana la razionalità, l'ha sotto ogni rispetto. E come fatto naturale, e come entità logica.

Come fatto naturale, perché effetto delle forze e del lavoro della natura nell'essere umano; ossia la moralità è tanto razionale quanto lo è ogni fatto della natura.

Come entità logica, perché formazione psichica, ossia formazione ottenuta per le leggi della psiche, che non sono altro, che leggi logiche.

– Essendo razionale l'idealità sociale, ne viene che l'arbitrio umano, governato da essa, sia razionale anch'esso. E quindi si distingua essenzialmente dalla violenza. E così il diritto, che sopra mostrammo non esser altro, che l'arbitrio stesso.

– Ed essendo l'idealità governatrice del volere umano una idealità sociale, ne viene che l'arbitrio e quindi il diritto non sia qualche cosa di illimitato, e che non tenga conto se non di se stesso.

L'idealità, essendo sociale, da una parte limita lo stesso volere da essa diretto, secondo le esigenze dell'ordine, di cui l'individuo fa parte: e dall'altra lo muove ad interessarsi e a tener conto del diritto altrui.

– Per cui, riassumendo le cose dette sopra, circa l'arbitrio e il diritto, e quelle qui aggiunte, si ha il seguente concetto, così completato, del diritto: Primo: risiede, per natura e quindi imprescrivibilmente, nell'individuo; come in ogni organismo la forza risiede negli atomi della materia onde è composto. E vi è in ragione dell'arbitrio e della sua libertà. Indirettamente però deriva dal corpo sociale, in quanto lo sviluppo morale dell'individuo (onde vi nasce il diritto) è determinato dalla efficienza su di esso dell'ambiente sociale.

Secondo: è razionale.

Terzo: è limitativo della tendenza individuale contrastante al bene sociale.

Quarto: è interprete e solidale del diritto altrui.

Quinto: è vindice del diritto di tutti.

CONCLUSIONE

Ora, a quale conclusione conducono tutte quante le cose dette fin qui? Conducono alla seguente conclusione, che è l'intento principale di tutta la nostra trattazione.

Come abbiamo dimostrato, il principio delle azioni umane, secondo la filosofia positiva, è l'idealità sociale. L'idealità sociale, appunto perché sociale, non è un principio egoistico. Anzi è un principio essenzialmente antiegoistico. Dunque dai dati della filosofia positiva si arriva al principio della idealità antiegoistica delle azioni umane; ossia alla affermazione della moralità.

Che è precisamente il nostro assunto, enunciato al principio.

Insieme poi alla detta conclusione, dalle cose fin qui trattate, emergono anche gli altri due nostri asserti: Che, i dati della filosofia positiva essendo positivi, l'affermazione, che ne consegue, riesce pur tale; in modo che si può dire che il positivismo salva scientificamente la moralità.

E che, invece, essendo i dati della metafisica destituiti di valore scientifico, e quindi pur tale dovendo risultare la affermazione dedottane, anziché essere solida, quanto all'etica, solo la posizione dei metafisici, come essi sostengono, e disperata quella dei positivisti, è vero il contrario. E l'etica scientifica resterebbe insostenibile, se non si potesse contare, per appoggiarla, che sopra i filosofemi tradizionali della vecchia ontologia.